書理時光

外山滋比古

為自己作傳，
從追憶探索新的感動

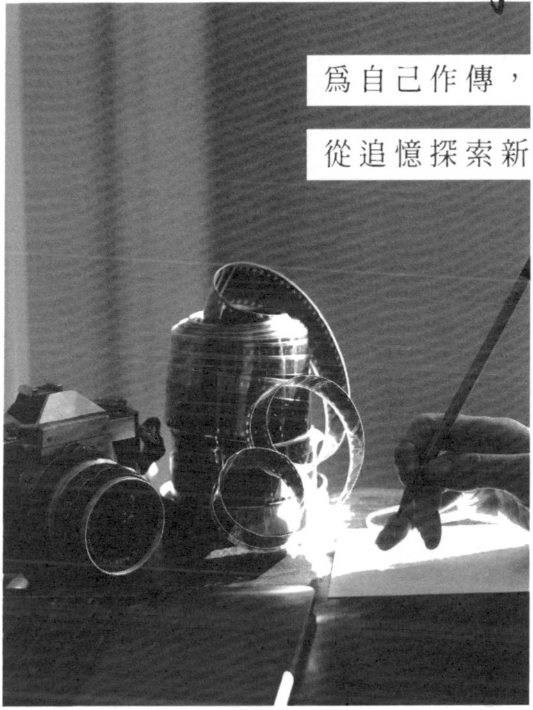

楓書坊

前言

曾經全心投入生活的人，在稍微喘口氣停下腳步時，往往會想要回顧自己一路走來的過程。

例如：那些在美國落腳的人，曾經流行請專家製作族譜；反觀定居日本的人，則比起關注家族史，更傾向於記錄自己走過的心路歷程。因此，「自傳」這一新型作品應運而生。

目前有愈來愈多人萌生出撰寫自傳的想法，包括那些尚未確定確切寫作目標、只是渴望表達自我的人。這或許正是人們在「智慧生活」上有所提升的一種展現。本書便是為了這些人而寫，旨在提供一些參考與啟發。

既然都決定要寫自傳了，希望各位能夠寫出一部比預期更出色的作品。至少應該著眼於避免寫出讓第三者覺得毫無吸引力，或是讓人覺得這不過是一部自我陶醉的作品。本書將分為三部分來介紹，簡單概述如下：

第Ⅰ部針對「自傳」本身進行探討。意外地有不少人認為：「自傳就只是把自己的事情寫出來而已，哪有什麼困難的。」因此，第Ⅰ部旨在幫助讀者理解，撰寫自傳其實是一項頗具挑戰性的任務。

第Ⅱ部介紹寫作前的準備工作。不可隨隨便便就開始撰寫，動筆前要先做好萬全準備，例如：先閱讀一些類似的文章。因此，第II部將列出並介紹幾種類型的範本，儘管只引用了部分內容，仍足以幫助各位深入瞭解整體結構。

有些人可能會說：「寫就對了，幹嘛還要考慮他人看不看得懂。」這是因為本書並不僅是要傳授撰寫自傳的技巧，而是希望告訴各位，如何寫才能使更多人閱讀這本自傳。畢竟很多人在寫自傳的過程中，往往會忽略讀者的視角。

如果寫出來的文章讓人讀不下去，就沒有發表的價值了。甚至可以說，根本不應該寫出沒有價值的文章。

第III部則是具體說明撰寫自傳時的心得和要領。本書的主旨並非在於說明撰寫自傳的技巧，而是將重點放在寫作之前的準備工作與心態，因此並未深入探討細節部分。

單就自傳來說，每個人都會寫。然而，若希望他人願意閱讀，在寫作的過程中就必須針對這一點進行準備。這點可說是本書的核心目的。

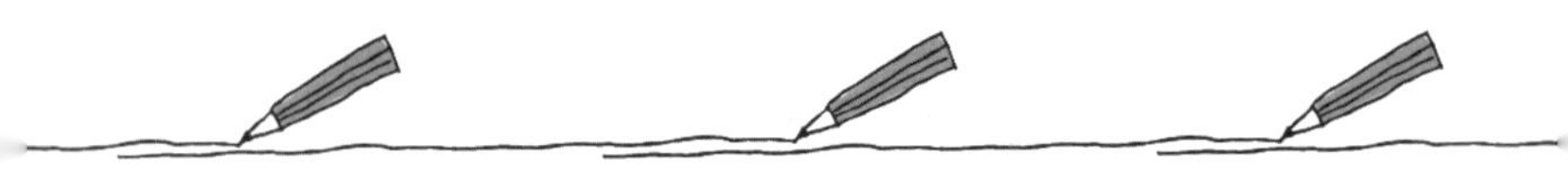

III部

I部

何謂自傳
心靈之家
撰寫自己
開始寫作
間接法

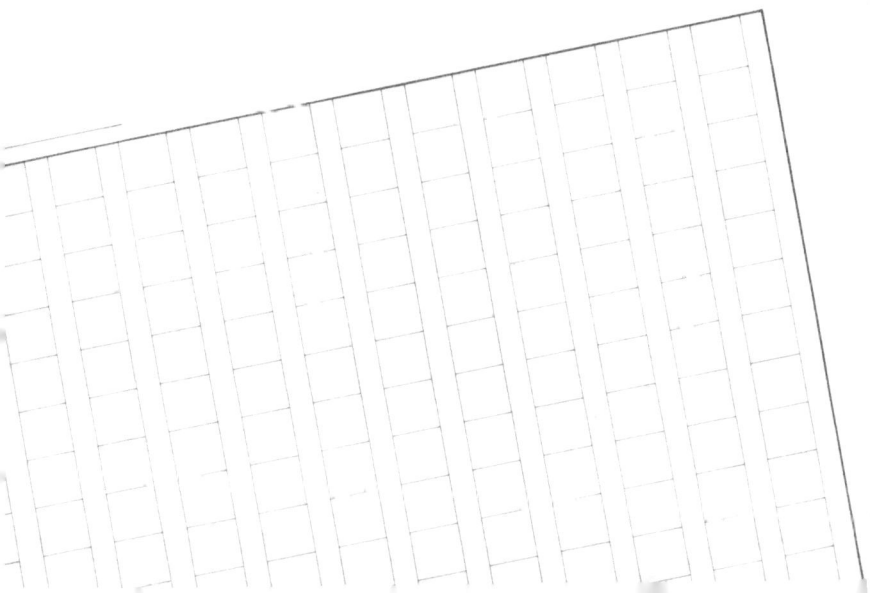

何謂自傳

「自傳」有許多種說法，其中日文中的「自分史」這個詞彙相對較新，在本世紀初時，可能還有人從未聽過這個詞。舉例來說，一九八〇年代出版的日語辭典中，沒有一本列出這個詞。

我手邊的一九九二年版《新明解國語辭典（新明解国語辞典）》則收錄了這個詞彙，其註釋為：

「在不斷變動的社會與時代中，以普通民眾的立場記錄自己所思所想，以及如何存活下來的傳記。」

《現代用語基本知識（現代用語の基礎知識）》（一九九三年版）是一本詳細解釋現代語的書籍，雖不是國語辭典，但這邊還是姑且列出該書對此一用詞的注釋：

「與回憶錄（自敘伝）和傳記（伝記）為相同範疇。然而，支撐當今這股熱潮的『自傳（自分史）』，與以往的敘事方式不同，通常會更加隨意地記錄自身經歷（例如：遊記、留學體驗、育兒日記等），或在人生旅途中所抱持的各種想法。」

從這段解釋可以得知，早在一九九〇年代初期，自傳已經形成一股「潮流」，這點頗為有趣。在一九八〇年代尚未出現在字典中的詞彙，到了一九九〇年代竟然蔚為流行。然而，這股所謂的潮流也僅限於某些特定人群，尚未在一般大眾中普及。

自傳是撰寫自身事務的紀錄，但並不等同於日記。兩者的不同之處在於，日記通常只是寫給自己看，不會讓他人閱讀；自傳則是有公開、發表，甚至出版的意圖。

自傳與回憶錄的性質相似，但前者公開問世的態度不如後者強烈，更多的是簡單記錄個人的人生歷程。大部分的人在一生中都不曾考慮撰寫回憶錄，不過如果是自傳，可以想像不少人能夠書寫、可以寫，甚至有想寫的慾望。尤其是對女性而言，寫回憶錄會有負擔，但寫一些生活雜記或回憶隨筆倒是無所謂。因此，據說自傳這種寫作方式是在女性作家的推動下，逐漸形成熱潮的。

剛才提到的《現代用語基本知識》將「自傳」與「傳記」放在同一範疇，但這兩者實際上屬於完全不同的領域。傳記是由他人撰寫而成，與自己撰寫的回憶錄、自傳乍看下相似，卻完全不同。由於傳記是他人所寫，過於平凡、無特殊事蹟的人就很難會有傳記。換言之，傳記寫的通常是**偉人**，普通人幾乎不可能成為傳記的主角。

然而，自傳卻不同。就算**不偉大也無妨，只要寫自己的故事即可**，一點都不麻煩。撰寫的動機就是「想寫」，不必考慮是否有價值，畢竟這是自己難以判斷的問題。由此可見，寫自傳是一件輕鬆的事情，任何人都可以動筆，這一點與日記有點相似。

前面有稍微提到，日記一般不會顧慮他人的看法。不過，當寫的是自傳時，便很難完全拋開想讓人閱讀的心情，而一旦考慮到讀者，就會無法輕鬆撰寫。有些人可能會把自傳當作長篇日記來寫，不在乎是否值得閱讀，但這樣的行為缺乏社會意義，甚至可能對他人造成困擾。

擁有讀者，實際上非常困難，這點也可以從自傳難以出版成冊的情況中看出來。即便寫的是自傳，如果能夠出版並吸引讀者，往往都能稱之為回憶錄了。大部分的自傳在撰寫時並不確定是否能吸引到讀者，因此多以自費出版的方式發行，這點也無可厚非。

總之，自傳與讀者之間似乎存在著微妙的關係。只稍微考慮讀者、專注書寫自身故事的自傳，並不代表沒有價值。事實上，完全不顧及讀者感受的創作中，也有部分能夠打動讀者。

以現有的情況來看，當考慮到讀者而撰寫的自傳，成功觸動讀者的心時，就不再是純粹的自傳，而是回憶錄了。

自傳的歷史相對來說不長，但我期待**未來的自傳能以「有趣到可以打動讀者的心」來發展。**若是成功達成這個目標，自傳將會與回憶錄並列，甚至成為被回憶錄吸納的著作，得到大家的認同。

心靈之家

日本東京某小學在製作畢業紀念冊時，讓即將畢業的學生寫下「現在最想要的是什麼」，最後得到出乎意料的結果。

一班共三十九人，有二十人寫「錢」，十六人人寫「房子」，剩下三人分別寫了「電吉他」、「諾貝爾獎」以及「不知道」。

回答「錢」和「房子」的人占了九成。這些即將升上國中，將來還會升上高中、大學的孩子們，難道就只追求這些嗎？他們沒有夢想嗎？不能回答更有意義的答案嗎？讓人不禁感到惋惜。

問題並不在孩子身上，而是灌輸這種想法的家庭。或許父母並不是有心為之，甚至可能沒有明確說出口。然而，孩子其實很敏感，他們能夠清楚地接受到父母的想法。孩子也許會對父母說出口的話唱反調，但對於父母內心真正的想法，反而會默默接受。父母渴望金錢，孩子也會開始認為錢很重要；而在渴望擁有自己房子的家庭中，孩子也會逐漸嚮往擁有房子。

日本戰敗後，無數的日本人陷入沒有住所、食不果腹的生活。在這樣的背景下，首先考慮的是填飽肚子，再來不管環境如何，必須擁有一個棲身之所。對於食、住的迫切需求，推動著人們拚命地活下去。經過二、三十年的努力，生活終於漸漸地穩定下來，但人們依然希望能夠再過得好一點。為此，第一件事就是想要擁有自己的房子，於是依舊過著努力打拚的生活。在這樣的家庭長大又孝順的孩子，將「房子」和「金錢」視為最想要的事物，並不足為奇。

好不容易存到一筆錢，不足的部分用貸款籌措，終於擁有夢寐以求的房子。至此，算是完成了夢想，但這時內心往往總覺得少了什麼。許多人直到後來才逐漸意識到，僅僅擁有一棟房子，並不代表可以過上真正的人性化生活。當然，並不是每個有房或存下一筆小積蓄的人都這麼想。但是只要有心就會知道，人類的生活並非僅靠麵包來支撐。擁有房子並不能讓人感到滿足，畢竟連狗都有自己的房子。其實要心靈富足，才能過著像樣的生活。

在經濟高度成長並達到巔峰時，人的內心會開始反省，而且這種想法會悄然地蔓延。隨著時間推移，人們便會開始想要提升自我，於是產生學習的想法，因而參加各種才藝班。對園藝有興趣的人增加、陶藝愈加受到歡迎，其中最有趣的莫過於創作俳句，還因此掀起熱潮。在這股對文化的關注浪潮中，各種文化中心相繼成立，吸引了許多人前來參與。

擁有自己的房子，卻到處找不到「心靈之家」。這使得人們開始渴望他人更明確地認識自己，例如：自己是什麼樣的人、一直以來過著什麼樣的生活等等。這樣的願望，相比異常渴求金錢、房子等經濟與物質上的慾望，可以讓一個人看起來更有文化。

撰寫自傳之所以會突然成為流行，或許就是因為許多人的內心萌生出建立心靈之家的想法。這是一種創造自身世界的過程，自然充滿樂趣。從自我表現的角度來看，比起吟唱短歌和俳句，或創作手作工藝品，撰寫自傳更加直接。

「展現出自己的價值，讓他人看見自己」——能夠滿足這個想法的就是自傳。這麼說可能有點誇張，但這的確是一種全新的創作方式。

撰寫自己

要說「閱讀」何時成為一種興趣，其實時間並沒有想像中的久。約七、八十年前，農村等地區有不少家庭連一本像樣的書都沒有，也沒有訂閱報紙。甚至還有人連時鐘都沒有，每天過著日出而作、日落而息的生活。

到了大正時代（一九一二至一九二六年）中期，建立了許多女校。相較男性就讀的中學，女校的數量更多，因為許多父母希望日後要嫁為人妻的女兒能去學校上學。

不過，從這些女校畢業的女性好不容易學會閱讀後，卻發現沒有適合她們閱讀的書籍。出版界敏銳地察覺這一需求，於是創設了《主婦之友（主婦の友）》及《婦女俱樂部（婦人俱楽部）》等婦女雜誌。這些雜誌甫一推出，便迅速成為暢銷刊物。

然而，戰爭過後不久，情況出現變化。那些不是畢業自女校、而是女子短期大學的年輕女性，開始對「婦人」和「主婦」這些稱呼感到反感。取而代之的是「女性」這一更為時髦的詞彙，於是名為《女性自身》的週刊應運而生。

另一方面，那些年紀稍大、沒有這種意識的女性，則開始撰寫一些與自身日常相關的短文。如此富知識性的行為廣受大眾歡迎，也因此備受關注。《朝日新聞》的家庭主婦專欄「Hitotoki（ひととき）」，就是一個讓寫短文的女性展現自身作品的舞臺。這些作品甚至有趣到連男性都忍不住閱讀，可說是自平安時代以來，久違再度興起的女性寫作風潮。

不過，寫文章不像閱讀那麼簡單。即便有心想寫，也可能苦於找不到寫作的契機；就算想練習，也難以找人請教。於是，文化中心便應運而出。這是針對社會人士和成年人提供各種學術和技藝課程的學校，其中自然包括寫作教室，甚至還設有散文寫作、小說寫作的課程。這些講座與傳統教授俳句創作、短歌創作的課程略有不同。

然而，即便開始練習寫作，學生依然不知道該寫些什麼。講師也不一定能提供好點子，因此學習過程往往不太輕鬆。

我不太清楚現在的教學情況如何，但在過去的小學作文課（當時稱為「綴方」）上，老師想不到題目時，便會直接指示學生：「寫什麼都可以，把想到的事情寫下來。」他們並不曉得這對年紀尚小的孩子來說多困難，於是看到的結果就是孩子隨意應付，胡亂寫下自己從未想過的各種事情。如果孩子真能將所想的內容用文字表達，那他們早就已經成為大文豪了。

文化中心的老師當然不會說這種不負責任的話，他們認為寫作的題目必須容易下筆，於是讓學生寫的是他們最熟悉的人——也就是自己。學生聽老師的建議欣然提筆、開始寫自己的故事，但想要這樣就輕易寫出好文章，仍然不太可能。

寫自己的故事並沒有想像中簡單，真要說的話，其實非常困難。畢竟不能漫不經心地敷衍，也不能單純記錄日常瑣事，而是需要懷著「深入描寫自我」的決心，才能確立撰寫自傳的目標。

不過，即便冠以「自傳」之名，撰寫自身故事的難度也絲毫不會減少。在事前不知道「接下來要寫極其困難的文章」並做好心理準備的不知情狀態下，反而可能更輕鬆。

就像外科名醫會請其他醫生為自己的孩子做盲腸手術一樣。面對自己的孩子時，感性會大於理性，難免手忙腳亂、甚至出現失誤。對自己的孩子尚且如此，更不用說親自為自己動刀了。

當自己的孩子做出荒唐的事情時，父母通常會堅決否認：「我的孩子絕對不可能做這種事！」同樣的道理，寫自己的故事時，也會因為過於熟悉而看不清自我，甚至連他人早已瞭解的事也無法察覺。

換言之，一旦涉及自己的事情，就更加難以得知全貌。對他人的事可以侃侃而談；但說到自己，反而會因太瞭解而無法理清頭緒。如果開門見山就寫「我就是這樣的人」，恐怕還沒寫到三行就會寫不下去了吧。

撰寫自傳時，首先必須有一個認知，即瞭解自己並非易事，其次是判斷要寫什麼。換句話說，就是決定好哪些部分要寫、哪些部分不寫。若是打算把全部事情都寫出來，不僅不可能完成，還會導致整個內容混亂不堪。

此外，**盡量避免寫最近發生的事情。**撰寫過去的自己，無論是年輕時還是孩提時光，因為有距離感，更容易構建出完整的世界。

開始寫作

曾經有一位與我同鄉、感情很好的老朋友跟我約見面，我當時還心想：「是有什麼事情嗎？」原來他正在寫文章，更準確來說是「想寫文章」，但怎麼都寫不好。他把寫好的部分拿給他夫人看，結果得到的評語是：「你不是整天都在看書嗎？怎麼寫不出像樣的文章？」這句話讓他大受打擊，連寫作的慾望都消失殆盡了。雖說如此，他無論如何都得寫，於是萌生了找我商量來解決困境的想法。

與他見面後，我聽他說明了事情的來龍去脈。他住的地方正好位於桶狹間之戰的古戰場，也就是織田信長擊敗今川義元之地。由於這片土地富有歷史意義，村莊便委託他撰寫地方志，身為歷史愛好者的他幾乎毫不猶豫地便答應了。

他收集了各種故事、口耳相傳的傳說以及相關文獻，早在半年前就已準備妥當，但無論如何都無法順利寫出開頭。他說自己重寫了不知多少次，但總覺得始終無法邁出第一步，彷彿一次次被拉回原點。這樣反覆掙扎的過程，讓他不禁屢次放下筆。

聽完他的話後，我認為這是因為他過於追求完美。無論是誰，都會苦於文章的開頭，甚至可以說，廢稿堆積如山根本是小說家的日常。因此，完全不必感到悲觀。不過，有一點需要特別注意，那就是**不要抱持著「一定要寫出完美文章」的心態。這樣的心態反而會使腦袋僵化，無**

法靈活運作。因此，我建議他盡量以樸實的筆觸書寫即可，並為他加油打氣。

小學一、二年級的孩子所寫的毛筆字，通常充滿活力、筆觸自然流暢；然而，到了初中階段，字跡卻會變得拘謹死板。這是因為他們逐漸失去年幼時的天真單純，內心出現「想把字寫得更漂亮」的想法。創作文章也是如此。小學生寫的作文，雖然文字稚嫩、不熟練，但讀起來趣味橫生；而高中生寫的文章，卻往往平淡無味、毫無特色。這是因為「想寫得更好」的心態，反而削弱了文章本身的魅力。

即便沒有這樣的心態，要寫出文章的開頭本就不是件易事，更遑論內心還有「想把文章寫好」的壓力。因此，我勸他應該先拋棄「想得到他人稱讚」的野心。

如果心裡總是想著會對文章發表看法的人，寫起來會相當困難。其實，只要用對孩子說話的語氣來寫作即可。**不需要華麗的詞藻，用樸實的詞彙寫普通的內容，才是最明智的做法。**

再者，關於不知如何開頭而一直停滯不前這件事，或許之後經過多方嘗試，會愈寫愈順利，但考慮到他至今遇到的挫折，可能不能過於樂觀。於是我建議：「不如試著改變寫作方式？」也就是說，不要從開頭提筆。

具體應該怎麼做呢？若是整篇文章中有哪個部分最有趣、最好下筆，就果斷地從那裡開始寫。至於順序問題，等到全部撰寫完再慢慢思考也不遲。也就是說，**先從最能夠順利書寫處著手，接著找第二好寫的**

部分，以此類推，不必過於執著順序。

教我這個方法的人是英國著名歷史學家愛德華・霍列特・卡爾（Edward Hallett Carr）。他在分享自己的寫作經驗時表示，寫書時不會按部就班地從第一章開始，而是從最容易下筆、最有自信的部分提筆。如此一來，當遇到難以下筆的部分時，因為已經累積了動力和信心，反而能夠順利地克服困難。我告訴朋友，他的分享讓我深受啟發，我在寫作時也會盡可能地嘗試應用這個方法。

我詢問朋友的寫作計畫後，他表示最好下筆的部分大約位於全文的最後三分之一。我建議他不妨從那裡開始寫，至少比現在遇到層層挫折的開頭要容易得多。

此外，我還補充提到羅馬詩人兼學者賀拉斯（Horace）的觀點。賀拉斯曾表示：「從故事的中間開始講述比較好。」他所提出的寫作方法是，大膽地將故事中間的高潮移到開頭，而非從故事的開端按部就班地展開。如此一來，便能打造出更加出色的作品。

這或許與卡爾所提倡的「從最容易下筆處開始創作」的觀點相似，但兩者仍有差異。卡爾的設想是，撰寫完成後再重新調整段落順序；而賀拉斯則主張，將最初撰寫的中間部分直接作為作品開頭，不再更改順序。

這樣看來，許多電影都不會從頭開始敘述，而是先拋出後面的情節，吸引觀眾的興趣，再以倒敘方式回到之前的內容展開故事情節。

在撰寫具有連貫性內容的文章時，嘗試將後續的內容放在開頭，再利用倒敘的方式回到前面的內容，也是一種不錯的手法。

我提出了上述建議，結果朋友似乎不太能接受我的想法。

間接法

應該有不少人覺得，直接描寫自己的故事很難為情。日語原本就不常使用第一人稱「我」，因此對日本人來說這種感覺也許會更為強烈。相比之下，在英語等其他語言中，若不使用「我」（I），就無法表達任何事情；日本人卻能夠在不說「我」的情況下，寫出大量的文章。

以夏目漱石的《草枕》為例：

「沿著山路向上走時，如此思考著。」

（山路を登りながら、こう考えた。）

以這句話為始，接著是名句：

「執着於理則鋒芒畢露，沉湎於情則隨波逐流，強執己見又自縛於一隅。總之，人世難居。」

（智に働けば角が立つ。情に棹させば流される。意地を通せば窮屈だ。兎角に人の世は住みにくい。）

由此可見，完全沒有使用第一人稱。再來看第二章的開頭：

「喊了一聲『喂』，但沒有回應。」

（「おい」と　をかけたが返事がない。）

這段其實是「我」說了一聲「喂」，但是並未寫出「我」這個字。後續的內容中描述了主角的動作，也始終沒有提到主語，要多翻幾頁到後面的劇情才會看到。

如果以第一人稱寫作，把自己作為主角來創作時就會感到有些不便。「私小說」這種文學體裁之所以在日本比其他國家更為發達，或許正是因為日語不習慣直接使用第一人稱，常常藉由小說的虛構形式來表達自我。

說起來，短歌和俳句中也不會出現「我」這個字，不過這些作品基本上都是在表達作者本人的想法。有時候，詩人會寄託自然景物，藉由花鳥風月來表達自我。

最近，因退休而退出職場的人，會為了紀念而出版詩集，其中編撰俳句集的人似乎更多。這些作品通常會分發給認識的人，幾乎沒有其他讀者。然而，對於創作者來說，這些作品是他們無法用言語形容的驕傲，用以表現自我的光輝舞臺。由於這些創作者都樂於為此花費，現在也愈來愈多出版社願意接受自費出版。

每一首短歌或俳句都是作者當時的心情寫照，若是集結了其漫長時光中所創作的作品，確實會反映出作者的精神歷程。雖然這些紀念性俳句集或詩集並未正式命名，但無疑是一部優秀的自傳。

直接談論自己會讓人覺得難為情，但若是透過作品來表達自我，內心便比較不會感到抗拒。

胃を切ると　決めて霜月　雨多し

（在決定切除胃的那一刻，正是霜月的陰雨時節；天幕低垂，淅瀝細雨如我沉重的內心。）

（編註：霜月即十一月。）

這句俳句節錄自某企業幹部退休時所出版的俳句集。如果用散文來表達同一件事，當然會呈現出不同的感覺，但是否能像俳句這般打動讀者的心，必須打一個問號。有時正是因為這種間接的表達方式，才更能夠觸動人心。

同一本俳句集中還有以下這句：

めおとならむ　離れて寒く　砂利握るは

（若與摯愛遠別，手握寒冷的砂石，心隨寂寞。）

這是我很久以前讀到的俳句，至今仍無法忘懷，因為這使我想起了一位未曾謀面的故人。**短詩型的文學作品有種讓人難以忘懷的特質**，這點使其難以與其他文學類型相比擬，無怪乎近年來出版紀念詩集或俳句集自然形成一股風潮。

仔細想想，**不僅短歌和俳句，無論是寫作還是其他形式的創作，長時間下來都能表現出過去的自己。將這些作品彙集成冊，便是一部值得稱道的自傳**。事實上，現在也有不少人出版回顧文集，不過這些作品大多是在不考慮重新出版或再版的情況下寫成的，若不仔細編輯，可能會顯得雜亂無章。

有的全集中會收錄作者所寫的信件，當然並非全部，但透過這些信件，可以清楚地瞭解作者的為人。**文學研究者之所以注重書信，正是因其能真實地反映出一個人的本質。**

然而，一般來說，收到的信件可以保存下來，但寄出去的就幾乎無法取回，畢竟連寄給誰都已經不記得了。若是能回收、整理並編輯這些寄出的信件，或許單靠此就能成為一部無與倫比的自傳（如今大多數的交流都以電話取代書信，一旦掛掉電話，通話紀錄便會消失，因此根本無法用通話內容來創作自傳）。當然，我們無法要求他人將信件還給自己，但可以在寄出前先影印保存起來。

即使不是以「自傳」的名義撰寫，有很多事物仍會自然而然地成為我們生活的歷程。我們所做的每一件事、每一個行為，無一例外都是自傳的素材。

從這個角度來看會發現，**每個人都在不知不覺中創作著自己的自傳，並生活在其中。**

即便是那些對「我」這個字感到難為情的人，也會有大量這種無名、間接的自傳。

II 部

為寫而讀
隨筆
半自傳小説
作家的自傳
病中日記
精簡
喝酒日記
生活紀錄
日記
創作性
相簿
回顧童年
訓誡
親筆年譜
追悼錄

為寫而讀

嘗試寫作時，有不少人會直接下筆開始書寫。不僅是文章，經常有人一學會俳句的季語、五七五及切字等基本規則後，便迫不及待地開始創作，往往不會花時間去用心鑑賞優秀的俳句作品。因此，他們的創作始終停留在狹隘的自我流派中，難以孕育出獨屬於自己的個性。

有些人在書寫文章時也會出現類似的情況。他們只要動筆開始寫作，便只專注於寫作本身，不會去閱讀別人所寫的文章。閱讀與寫作是完全不同的領域，若是全神貫注於寫作，便自然無法抽空去閱讀書籍。也就是說，一旦進入寫作狀態，就難以全身心地投入閱讀。但事實上，

要寫出好的文章，閱讀是不可或缺的。如果閱讀量不足，通常很難寫出結構紮實的文章。

對孩子來說，就算沒有閱讀，也可能寫出生動有趣的文章。然而，一旦他們的腦海中塞滿了模仿的範例，反而容易寫出生硬不自然的內容。

成年人的情況則不然。如果平時缺乏閱讀，寫作的結果往往令人失望。因為成年人不如孩子那般純粹，總是抱持著「想寫出一篇完美文章」的心態，這種心態常常導致我們創作出堆砌著華美詞句、內容陳腐浮誇而讓人難以忍受的文章。這正是閱讀不足所帶來的後果。

可能有人會反駁：「我有在閱讀啊！」事實上，有些人不僅有在閱讀，甚至可以說是相當熱愛閱讀。然而，光是閱讀，在寫作方面的幫助仍相當有限。舉例來說，學校裡的國文老師閱讀過的優秀文章遠比一般人多，照理說寫作能力應該相當出色才對；然而，實際上能成為傑出作家的國文老師並不常見。這表示，如果只是為了閱讀而閱讀，或者是為了教學而閱讀，都無法保證能夠寫出人人稱頌的文章。因此，單純的閱讀並不足以提升寫作能力。

想有助於寫作，就必須「為了寫作而閱讀」，而真正理解這點的人少之又少。

為了寫作而閱讀時，得一邊閱讀一邊思考如何寫作，這與一般的閱讀方式不同。要注意的是，這樣閱讀的目的並不是為了記住書中的巧妙詞句，以便日後直接照搬使用，而是要藉此**掌握更接近本質的寫作方法與風格**。因為具有風格的文章，才會充滿生命力、足以打動人心。

那應該讀什麼書呢？當然，絕對不是「隨便讀什麼都可以」，我也不建議參考他人的推薦書單。只有自己親自挑選並閱讀，才會有意義。總而言之，**必須閱讀適合自己的書籍，並且從中吸收其風格、將其轉化為自身能力。**

不過，最好不要期待一開始就能遇到適合自己的作品。不妨多閱讀各類型的書籍，例如那些讓你感覺還不錯，或是過去讀過且曾在內心引發強烈共鳴的作品。這就是所謂的**「廣泛閱讀」**。

閱讀的過程中，有機會找到一本你認為是範本的書。從客觀角度來看，這本書可能並不出色，但這並不重要；**重點是你對這本書的感受**。如果這本書不算是最理想的範本，將之視為運氣不好就可以了。無論如何，依賴他人推薦的書籍，都遠不及自己探索與選擇的書籍來得有意義。總之，既然這本書能激起你內心的共鳴，就值得你全心全意地閱讀與追隨。

此外，**「範本」只需一、二本即可，切勿貪心選擇五、六本。如果選擇了多本書，至少必須確保這些書出自同一位作者之手。**

確定自己的「範本」後，不要只讀一、二次，而要**反覆閱讀五次、十次，直到書中的內容完全融入腦中、文章的架構在不知不覺間烙印於心。**古人曾說：「讀書百遍，其義自見（讀書上百遍，書意自然領會）。」其實說的就是對文章結構的深刻領悟。

當然，我們不需要重複閱讀百遍之多，只要多讀幾遍就能掌握文章的風格。如此一來，與其說是理解風格，不如說是讓風格自然地「融入」到自己身上。即使沒有明確的模仿意圖，也會在不知不覺中受到影響，逐漸寫出帶有那種風格的文章。舉例來說，熟讀夏目漱石的作品後，就算在書寫時並未刻意效仿，仍可能會有人評價：「這段文字讓人聯想到夏目漱石。」能達到這樣的境界，才是理想的狀態。當然，**始終停留在模仿階段，並不是最佳選擇，但相比缺乏風格、毫無骨架的文章，模仿仍要好得多。**

基於以上理由，以下將介紹幾個在寫作時可以作為參考的文章開頭。為了方便起見，這裡選擇了接近自傳類型的範例。

隨筆

過去被稱為「雜文」的文體，如今多稱之為「隨筆」。當然，雜文與隨筆並不完全相同，但在一般情況下，這兩者之間的區別已經不明顯了。「隨筆（Essay）」一詞源於英語。一五九七年，英國的法蘭西斯・培根（Francis Bacon）出版了《隨筆集（Essays）》。這本書廣受歡迎，並進一步促成了「隨筆」這一體裁的形成。

然而，隨筆這種寫作方式並非培根首創。在他這本書問世的十幾年前，確切地說是一五八〇年，法國的蒙田（Michel de Montaigne）出版了一本名為《隨筆集（Les Essais）》的書（編註：以下簡稱統稱《蒙田隨筆》）。

這本書很快就傳到英國，並啟發了法蘭西斯·培根出版同名的文集。因此，隨筆的起源或許應歸功於法國。

《蒙田隨筆》是一部了不起的著作，為歐洲的重要經典之一，至今仍有許多人仔細研讀。其中充滿了人生智慧，可說是一部以隱晦方式傳授生活哲學的經典。

蒙田在四十三歲生日那天，特意鑄造了一枚銅牌，並在上面用希臘語刻下「我謹慎做出判斷」的字句。從某種意義上來說，這可以說是蒙田在宣告自己已經達到了頓悟的境界。四年之後，《蒙田隨筆》便問世了。

在序言中，蒙田表示：

「致各位讀者，這是一本沒有虛假、只有真誠的書。首先，我必須告訴各位，寫這本書時，除了寫我本人，我並沒有將目標放在其他任何事物上。」

自人類歷史以來，從未出現過這樣的書。這是一本完完全全嶄新的著作，無論是這本書還是隨筆此一體裁皆是如此，都是帶著實驗性質的。

接著，他繼續說：

「我寫這本書，並不是想對各位有所幫助，也不是想要為自己的名聲增添光彩，只是單純為了娛樂和安慰我的親戚和朋友們。」

從這裡可以看出，蒙田確實是在寫自己的「自傳」。也許有人會說，現代寫自傳的人也是相同的心態，但我們不妨先往下看看蒙田怎麼說：

「在這本書中，可以窺見我平時的日常生活，既不做作、也不修飾，完全是我真實的面貌。這本書描繪的正是我自己，書中也清楚地表現出我的缺點。即便是我天生的癖好，只要不失禮，我都會誠實地寫出來。」

最後，他總結：「這本書的內容正是我自己。」

對所有寫自傳的人而言，應該銘記這些話並作為寫作準則。

看過這段文字後，各位可能會覺得蒙田只是在寫自己的事，但事實並非如此。他並非原封不動地表達自己的想法，而是引用了大量故事出處和古今典籍，利用這些歷史來講述自己。因此許多地方讀起來會有種只是在多方引證的感覺，因此一些讀者在閱讀《蒙田隨筆》時會感到厭煩。

然而，正因為借用了他人所說的話，蒙田才能說出實話。他試圖創造出前所未有、帶著自我反省意味的自然文學形式，或許根本沒想直接、明確地描繪自己。

這就是一種**間接的自我表現**。

從這點來看，不論品質的差異，可以說蒙田晚年也在透過出版俳句集、詩集和文集，讓他人瞭解自己，與他早期這種間接自我表達的方式其實是一脈相承的。

話雖如此，要採取蒙田這種寫作方法，就必須大量閱讀。若平常只讀報紙和雜誌，無論如何都無法模仿出這種間接的自我表現手法。不過，即便無法借助古人的智慧或前人的經驗，也能以故事的形式來表達。只是故事帶有一點虛構成分，恐怕難以寫出像蒙田那樣「沒有虛假、只有真誠的書」。

而在**寫自傳時，必須一開始就決定寫作風格。看要完全忠於事實地寫出自己的事，還是將故事寫得更生動有趣、甚至略帶虛構。**

無論是哪一種，都有一定的難度。

半自傳小說

「回憶錄（自敘伝）」體裁的歷史尚淺，因此優秀之作並不多。《日本經濟新聞》有一每日連載的專欄——〈我的履歷〉，是由各界知名人士每月輪流撰寫個人自傳。這個專欄已經持續了好幾十年，成為該報紙的特色之一。

不過，其中會讓人覺得有趣的作品並不多。每天讀一篇還可以，但當這些文章匯集成冊、完整通讀時，中途就會讓人感到無聊或索然無味。其每篇文章的篇幅約一千六百字，相當於四張四百字稿紙。這樣的確容易閱讀，不過一旦篇幅加長，就容易使讀者感到乏味。這或許是自傳類體裁的宿命吧。

我抱著這樣的想法，閱讀菊池寬的《半自傳小說（半自叙伝，暫譯）》時，不禁大吃一驚。這部作品會讓人忍不住一口氣讀完，幾乎不給喘息的空間，令人相當震撼。作者似乎並非刻意寫得風趣，但作品本身卻精彩無比。這可說是自傳類體裁中的翹楚，我從未見過能與之媲美的作品。

《半自傳小說》一開始連載於菊池寬主編的雜誌《文藝春秋》，自昭和三年（一九二八年）四月號開始，連載至隔年十二月號。

序章中，他提到一句話：

「我根本不想寫什麼回憶錄。」

這句話聽起來就像是玩笑。既然不想寫，又為什麼要動筆呢？

「我只是想為《文藝春秋》多寫一些內容，所以才嘗試撰寫自傳類文章。」

這就是他執筆的動機。他聲稱：「以前的事已經記不住具體的內容了……所以我不會記述少年時期的事情。」讓人以為會從成年後的故事開始寫。但實際上，他最終還是從幼年時期開始撰寫，且內容寫得極為詳細，似乎早已忘記自己最初所說的話。

然而，讓讀者沒有壓迫感的原因，或許正是這種隨意的語氣。如果語調過於嚴肅或刻意，反而會讓讀者感到退縮。

一九二八年時，菊池寬年僅四十歲，已是日本小說界享有空前人氣與聲譽的著名作家。這樣一位大師級人物撰寫的自傳，難免會讓人有先入為主的想法，認為作品會過於沉重。結果，他一句「其實我並不想寫」，輕鬆化解了讀者的心理負擔。不愧是菊池寬，對讀者心理的掌握堪稱一流。

他原先表示「不會寫少年時期的事情」，實際上卻寫得相當詳細。尤其是在談到遊戲時，或許是萌生懷舊之情，語氣顯得格外生動。

他在文中寫道：「我曾經因為很擅長捕捉百舌鳥，被朋友稱為『百舌博士』。」並描述了從製作**誘餌**到實際捕捉的過程，詳細到讓讀者彷彿親眼所見。他還提到：「如果發現十隻百舌鳥，就一定能捕捉到六、七隻。」讀到這裡，讀者甚至會感到一種莫名的滿足，這種感覺非常奇妙。

事實上，童年時光對每個人來說，都是如同神話時代般的存在，是一處充滿童話氛圍的世界。這些記憶本身便是詩、是故事，即便沒有經過任何加工，也能自然而然地觸動人心。

作家在撰寫童年或青少年的故事時，通常都能創作出優秀的作品。菊池寬是否知道這件事不得而知，不過他明明一開始聲稱「不會寫少年時期的事情」，仍然花了超過五十頁的原稿紙、占據四分之一的篇幅來描述這段回憶，或許也是一動筆就停不下來了吧。

不僅如此，菊池寬在回顧少年時期的篇章中，偶爾會穿插其對人生的見解：

「人們常說，年少時吃點苦無妨，只要老年能過得舒適就好；但我認為，年少時的感覺與情感都充滿生機，應該在這時過得有趣，年老時稍微受點苦也無妨。畢竟年少時沒能實現的願望，等到老了之後恐怕再也無法得償所願了。」

這句話就相當觸動人心、引人深思，讓人不禁產生共鳴。

他還提到：

「我沒有可以商量的對象。我的家庭就像大多數的日本家庭一樣，對於生活中最重要的事情，總是默不作聲、什麼話都不說。」

這段對孤獨的描述尤為哀傷。

菊池寬對人性的洞察，讓這本《半自傳小說》超越了一般的自傳，達到更高的層次。

他一方面說自己記不清細節，一方面卻又能給出非常具體的數字，這種反差實在有趣。

「剛到東京時，我去了一家蕎麥麵店，看到招牌上寫著『もりかけ三錢』，卻不知道那是指『冷蕎麥麵（もりそば）三錢、熱蕎麥麵（かけそば）三錢』的意思，誤以為真的有冷熱混合的蕎麥麵。於是，我在很長的一段時間裡，點餐時都會說『請給我一份もりかけ』，這時大多數店家會直接給我一碗熱蕎麥麵。」

關於剛結婚時的事情，他則寫道：

「我和妻子去名古屋觀光時，她為我買了一副金邊眼鏡，花了十一圓八十錢。在那之前，我戴的都是銀邊或鐵邊眼鏡。」

菊池寬這半生中最大的事件之一，是被懷疑偷竊而遭第一高等學校退學。然而，他在文章中以平淡的語氣敘述此事，絲毫沒有情緒化的表現。也正因如此，反而讓讀者感到更為震撼。

說到情緒化，在整本書中，他幾乎沒有使用表達強烈感情的詞語。

「我默默地回到家鄉，結了婚。當時，我的母親跟我說：『再單身個

二、三年也可以吧……』我看得出母親擔心我結婚後，寄給她的錢會減少，這讓我感到相當不悅。」

這樣的表達方式充滿了壓抑的情感。

此外，還有位熟人未經允許，就將菊池寬寫給他的信件公開發表。而即便知道了這件事，他也只是寫下一句：「我覺得很不高興。」

不只是上述節錄的片段，整部作品都充滿了壓抑的筆觸，這種表現手法讓人印象深刻、感觸頗深。

在他成為作家並開始活躍後的故事，提到了芥川龍之介、久米正雄、川端康成等名字，這些內容也很有趣，但如童年至青少年回憶中所蘊藏的潛熱（編註：物質在物態變化過程中，溫度不變的情況下所吸收或釋放的能量）般的情感，卻已不復存在。人們成長的過程中，是否都無法避免這種改變呢？

從好的意義上來說，《半自傳小說》是一部散文風格的作品。沒有矯揉造作的情感投入或刻意的文學姿態，語句清爽明快。雖然不可能完全展現事實原貌，卻能讓人感覺一切如同原本模樣，這點堪稱絕妙無比。

對於這本著作，小林秀雄給出這樣的評價：

「《半自傳小說》之所以與眾不同，正是因其完全擺脫了作家常見的『自白癖』……文章裡沒有刻意展現自我反省的技巧，而是乾脆俐落地敘述了親眼所見和親身經歷的事情。整部作品既樂觀又務實，完全沒有為反省而反省的內容……」

直截了當地敘述親見親歷之事，這正是散文的特質。而菊池寬的《半自傳小說》向我們證明了，如果**自傳能以散文風格來書寫，會是多麼有趣的一件事。**

對於想撰寫自傳的人來說，應該先將這本《半自傳小說》細細閱讀三遍。我認為將其稱為自傳文學的經典之作，也絕不為過。

作家的自傳

田邊聖子的《樂觀少女來了（楽天少女通ります，暫譯）》是一部描寫她半生經歷的作品，如書名所示，特別著重描寫她年輕時期的事，格外引人入勝。

作者出生於日本大阪一家照相館。在這本書的開頭，她寫道：

「我愛我的父親。」

隨後她緬懷自己的父親：

「我為父親的短命感到哀傷，但萌生這種心情時，我已經快七十歲了。在那之前，我一直拚命地為自己的人生奮鬥。老實說，我忙得連回想早已過世的父親的時間都沒有。」

從這段話可以看出，田邊聖子不愧是小說家，一般人很難表現出如此細膩的情感。

在敘述回憶時，她以一種像在講他人故事的語氣描寫，讀起來相當有趣。例如，說到小時候的事情：

「放學回家後，我會把書包丟在一旁，對母親大聲叫我做作業的聲音充耳不聞，直接跑出去玩。在買零食和看紙劇之間的空閒時間，我忙著跳繩、玩鬼抓人；想玩更刺激的遊戲時，會穿過市電街，跑到對面的空地。」

說到少女時期的事情時，她又提到：

「我是一個常常說謊的孩子。每當母親催我寫作業時，我會撒謊說自己已經寫完了，然後立刻和我家的狗波派一起跑出去玩。到了晚上睡覺前，我會躲在母親看不見的地方，匆忙做完作業。而且，我還會把考得不好的考卷藏起來，只讓母親看見那些打上好成績的考卷。」

「雖然不關我們少女的事，但昭和十八年（一九四三年）香菸的價格上漲了。人們模仿三年前的紀元二千六百年（即昭和十五年，一九四〇年）慶祝活動中的歌曲，改編歌詞唱道：

金鵄升起時是十五錢，

榮光三十錢，

遠遠仰望的鵬翼變成了二十五錢，

啊，一億人都陷入困境了。

金鵄、光和鵬翼，這些都是當時的香菸品牌。」

現在很多人已經不知道這些事了，但我認為這是一段有趣的小插曲。

之後，田邊聖子就讀了一所女子專門學校的國文系。

「在第一堂課上，教授問大家喜歡的作家，其他同學都回答了夏目漱石、森鷗外、芥川龍之介等文科生常見的答案，我卻大聲回答：『吉川英治！』全班同學聽到後瞬間哄堂大笑。」

後來，她的生活變得十分拮据，為了支付房租，她開始收集家中所有的零錢。

晚年，她知道了一首著名川柳：

貧しさも　あまりの果は　笑い合い

（貧困到了極點，也能相視而笑。）

沒想到這首川柳的作者就是吉川英治，這讓她覺得緣分真是奇妙。

她在五金商店勤奮工作，同時開始寫作，這段時期的回憶對於瞭解田邊文學至關重要。最終，她獲得了芥川賞，但她並未因此自視為成功者。她能夠以如此克制的方式書寫，想必正是經過這長期文學修練的成果。

「我至今得到了無數人的恩惠，尤其是一想起《婦人生活》的原田常治社長、大阪都市協會的小原敬史先生、大阪文學學校的足立卷一老師，以及《每日放送》的藤野雄弘先生等人，總讓我不禁眼眶泛淚。」

這些文字令人動容，充滿了文章的力量。

獲得芥川賞後，她表示：

「弟弟和妹妹都已經結婚並搬出家裡，母親也退休了。正當我想著，與母親兩人相依為命後、我的人生終於穩定下來時，出現了一個奇怪的男人，他問我：『要不要跟我結婚？』

他還說：『妳一個人這樣寫小說，肯定很辛苦吧。若是和我在一起，可以寫出更有趣的小說。』——這番話讓我無法抗拒，因為正好擊中了我的弱點。」

（編註：此處原文中男人使用的第一人稱，為上年紀的男性用語「ワシ」。）

在這之後，她以平淡而幽默的筆調寫下了自己與這位「有四個孩子的男人」結婚的故事，讀起來像小說一樣。應該說，的確就是小說。當然，並不是所有作家的自傳都是這種風格，要寫出能打動讀者的自傳其實非常困難，但田邊聖子成功做到了。

如果能以這種方式撰寫自傳，就能寫出優秀的文學作品。

病中日記

九月十二日　多雲　時而放晴
排便與替換繃帶
早餐：三碗熱飯、佃煮、梅干
　五勺牛奶（加紅茶）、一塊螺旋麵包（一塊一錢）

留下此病床日記的是正岡子規。

當時，他的病情已接近末期，即將面臨死亡，身體完全無法移動，唯一能做的就是躺著記錄自己眼前看到的一切，因此關於食物的紀錄都異常詳細。就如同上述的例子，正岡子規記下每一樣食物，就連梅干都沒放過。其中「三碗熱飯」的「熱飯（ヌク飯）」讓人印象深刻，這個詞彙在日本並不常見，但的確讓人彷彿身歷其境，只是看了這幾個字就忍不住吞口水。

他除了吃三碗飯，還喝了牛奶（而且加了紅茶，相當時髦）、吃了甜麵包。這樣的食慾，讓人難以想像他是一名重症患者。

接著，來看一下他的午餐和晚餐是如何。

午餐：三碗地瓜粥、松魚生魚片、地瓜、一顆梨子、一顆蘋果、三片煎餅

點心：毛豆、五勺牛奶（加紅茶）、一塊螺旋麵包

排便正常

晚餐：一碗半米飯、七串蒲燒鰻魚、醋牡蠣、

高麗菜、一顆梨子、一顆蘋果

這真是讓人吃驚的食慾，竟然不是只有一片，而是吃了一整顆的梨子和蘋果，其中一次吃七串蒲燒鰻魚也很不正常。而且這人並非是特別的日子，他每天都是如此，讓人不禁擔心他是否有問題。果然，他的身體狀況的確因過量進食而出現問題，他在日記裡寫道：

「到了晚上，由於肚子脹得難受、痛苦得無法忍受，感到極度煩悶。」（九月六日）

在方才列出一天飲食的九月十二日日記中，他後面接著寫道：

藻州先生來訪。

下午從沼津寄來了麓的信。

從高濱來的使者帶來了一罐茶葉，以及二、三十顆青蘋果，和一圓金幣。茶葉是回禮給去弔唁已故政夫先生的人的，蘋果是野邊地山口贈送，金幣是臍齋探病而送的慰問品。

沼津的麓寄來了二罐桃子罐頭。

病中閒暇的午後，看見絲瓜花凋落。

夜晚，在病房的屋簷下點亮了岐阜燈籠（潮音贈送）。

燈火快要熄滅時，看見青色的螽斯。

如此，一天的日記便告一段落了。

其中提到了幾個名詞，例如：麓（岡麓，歌人）、高濱（高濱虛子，俳人）等，對現在的讀者來說可能難以理解。不過這也不奇怪，畢竟正岡子規並不是為了讓人閱讀才寫下這些內容的。據說在他生前，就連親近的人也沒看過這本日記。

這本日記於大正十三年（一九二四年）出版，距離他過世已相隔多年。開頭的九月十二日是寫於明治三十四年（一九〇一年），正值二十世紀伊始。換句話說，這本日記過了二十四年才付梓成書。

此書甫一出版，便立刻引起大眾關注。之後，除了全集外，還收錄為文庫本，享有與文學作品相同的待遇。

正岡子規是推動短歌和俳句革新的近代文學泰斗。他作為歌人和俳人都極為傑出，但這本日記《仰臥漫錄（仰臥漫録）》如今可說是確立了其在古典作品中的地位，有別於他在其他領域上的文學成就。這對正岡子規本人而言，或許是個令人意外的結果。但文章往往就是如此，會以超乎作者意料的方式流傳與成名。

這部病中日記記錄了一九〇一年九月二日至十月十三日，中間一度暫停，於翌年三月十日至十二日重新記錄，隨後再次中斷，最後的紀錄是同年六月二十日至七月二十九日。形式上是日記，但實際上更像是隨手記錄的備忘錄。如前面所說，他本就無出版的打算。

正岡子規並未留下回憶錄，因此這部篇幅不長、紀錄斷斷續續的日記，仍可視為其自傳的替代品。

這部作品至今閱讀起來依然極具吸引力且趣味盎然，一點都不會讓人覺得過時，相當令人驚嘆。正因正岡子規作為「寫生文（編註：主張短歌或俳句不應拘泥於形式，而要感受當下事物、自然抒發）」的創始人，他那寫實的文字能夠準確而生動地刻畫描述的對象，尤其是對食物的描寫更是一絕。儘管他幾乎沒有使用「好吃」之類的詞彙，偶爾才會出現「不好吃」等字眼，也能透過文字讓人感受到病人在進食時的喜悅，是一部神奇而傑出的名作。

由於文中完全沒有突兀的個人偏見、自我反省或主觀感想，使文章呈現出清新、嚴謹，但又隱隱散發出溫暖人情味的風格，這是一般日記無法達到的境界。

《仰臥漫錄》向我們展示了，如果能以清明的眼光審視自身，日記不僅可以成為一部出色的傳記，甚至能昇華為一部文學作品。

雖然不是誰都能寫出這樣的日記，但正岡子規的日記告訴我們，如果**不加入多餘內容，而是專注於就事論事的記述，日記本身就可以成為一部自傳，甚至可以是一部「個人歷史」。**更值得一提的是，即便在百年後的今天，這本日記依然能讓讀者感受到濃厚的藝術氣息。

自傳可以視為是日記的延伸。不過，這種延伸並不是靠增加多餘的內容，反而是透過剔除不必要的部分，以簡潔的形式進行擴展，從而讓日記成為一部出色的自傳。到目前為止，我們無從知曉究竟有多少這樣的日記，因未能出版而遭到埋沒。

自傳與日記相同，如果不考慮讓他人觀看而純粹為自己書寫，呈現出的將是最自然的內容；而正因如此，才能成為更出色的作品。這正是文字表現中令人玩味的反諷之處。

精簡

「某月某日，在神田天主教會舉行婚禮。」

這是林真理子《原宿日記》中關於婚禮當日的紀錄。短短一句話，卻讓讀者留下極為強烈的印象。關於這篇文章，作者在後記中提到：

「婚禮當天的紀錄，只有短短的一句話……之所以採用這樣的寫法，是因為我在很久以前曾於某位著名作家的日記中讀到了類似的記述，有點憧憬這種風格。」

這麼看來，這並非隨便寫下的一行字，而是一篇充滿用心的文章。如果不是以寫作為業的人，恐怕也做不到精簡成一句話。一般人通常都會寫得很瑣碎，將無關緊要的事情也寫進去。結果，一一寫下所有的事，反而無法傳達好細微的事；**只有果斷刪除細節、寫得簡潔明瞭，讀者才能憑藉自己的想像補足未言明的部分。**對讀者來說，這樣反而會更有趣。如果一切都寫得清清楚楚，會顯得很繁瑣，無法帶給讀者想像的空間，讀起來當然會覺得無聊。省略本身就是一種藝術，而日記剛好相當適合這種重點式的表達方式。

「某月某日

搭乘ＪＡＬ16班機，啟程前往溫哥華。幾位朋友來送行，大家在機場的飯店一起用餐。」

這篇是在描述他們準備啟程，前往蜜月旅行的時候。接下來他們會被記者包圍，但作家選擇將這些事情暫時擱置，以二行文字簡單而確實地記錄了出發的情況。這個開頭寫得非常出色。

「某月某日

於表參道的牙醫診所，拔除上下二顆牙齒。」

這段紀錄是因為牙醫告訴她：「再這樣下去，隨著年齡增長，暴牙的情況會愈來愈嚴重。」因此她立即詢問如何矯正，結果便是拔牙。這段開頭直接破題，像標題一樣帶出後續內容，寫法相當巧妙。

「某月某日

步行數竟然只有三千二百步，真討厭，再這樣下去一定會變胖。原本打算今天走去青山街的大型超市購物，結果宅配送貨來。這是不久前幫我投保的保險業務寄來的感謝禮，是一塊色澤漂亮的粉紅色鮭魚切片。

之後，來拿原稿的女性編輯帶來了鴨肉煙燻作為伴手禮。原本計畫今天去購物，結果卻因為人情，晚餐的菜肴已經準備好了！」

這段話相當有趣，帶著一種輕鬆的幽默感。作者在這之前開始使用計步器，原本對於自己達到了一萬六千步的紀錄而洋洋得意，因此才會覺得三千二百步顯得格外少。「一定會變胖」這句話聽起來像在說別人的事，這樣的語氣頗有一番滋味。即便是相同的事情，如果是寫作技巧不夠的人，應該也寫不出這樣的文字吧。

總而言之，如果想書寫自己的事情，並讓他人願意閱讀，就不要嘮嘮叨叨地羅列許多瑣碎的細節。應該**果斷地刪減**、**省略**、**控制**，**刻意留下一些未寫明的部分**。如果沒有意識到，要做到這點其實頗有難度，最好不要自以為能夠寫出好文章。

想要有趣地描寫自己時，首先要學會從第三者的角度來看待自己，切忌使用過於情緒化、偏袒自己的書寫方式。像是自誇這種話題，要在輕描淡寫中寫得有趣，才算是高明的寫作技巧。

從拋開一切的視角看待自己後產生的詼諧口吻，就是所謂的幽默感。如果能夠展現出其中的趣味性，那你的自傳就有資格擁有大批讀者。

內田百閒以其特立獨行的生活方式而聞名，並在去世後受到年輕讀者的關注，引發了一股熱潮，著名導演黑澤明甚至還將他的生活拍成電影。

內田百閒曾得到推薦成為藝術院會員，不過他當時選擇謝絕。問及原因，他回答：「因為不想當，所以不當。」這段話也成為討論的焦點。另外，他還說過「想稍微修改某位大作家的文章」，但這並非出言不遜，而是因為他就是名副其實的文學大家。自明治以來，能用現代日語寫作的作家中，應該無人能在文筆上超越內田百閒。

其日記分別按不同時期整理後出版，並作為文學作品供人閱讀。其文體採用了舊時日記的標準體裁，即文語體（編註：以中古日語，即平安時代的口語為基礎的文學體系）。

他於戰後初期寫下的日記，完整收錄為《戰後日記》。出版的成書中是以平假名（舊字體與舊假名）書寫，並附有一般標點符號；不過關於其原始日記，平山三郎《備忘筆記（おぼえ書，暫譯）》中描述：「都用片假名書寫，且沒有任何標點符號，也完全不換行，文章填滿整個筆記本。」此外，據說他偏好使用上方欄位有空間的縱線條格式，大尺寸、頁數厚實的大學筆記本。

內田百閒的《百鬼園戰後日記》始於一九四五年八月二十二日，也就是第二次世界大戰結束後一週的時候。

「星期三沒有去上班。一早就是陰天，我心想天氣會不會轉晴，結果下午突然下起豪雨，之後又颳起暴風雨。直到傍晚過後進入夜晚，暴風雨依然未停。現在是晚上八點半，時不時強風陣陣。停電了，好久沒點蠟燭寫日記了。雖然有點害怕，但總比空襲好……」

這段日記細緻地記錄了天氣情況。當天的內容格外細膩，但之後記錄的重心逐漸轉向喝酒。

一九四六年二月九日，他寫道：

「喝了來自新潮社的清酒五合，又在中川先生家喝了不到二合的清酒，和不少威士忌（以威士忌來說是大量）。味醂也喝了不到二合，同樣是中川先生給的。」

次日記述：

「下午坐在桌前時，久違地感覺到心律不整。這種情況持續到傍晚。雖然不算嚴重，但大概是因為昨天威士忌喝太多……」

二天後的二月十二日：

「下午，妻子到市谷地區購物……在鎮上的魚店門外屏風旁遇到文野，他說可以弄到一升清酒……不久後，文野再次來訪，帶來了一升清酒。除了酒錢外，我還給了二十圓當作謝禮，共二百七十圓，實在太感謝他了。伴隨著夜晚喧囂的風聲，我喝了一杯。」

二月十六日：

「……宮城的奧先生來訪，還帶了他的新夫人同行。自他們去年年底結婚以來，今天是第一次見面。他們帶來二瓶酒，只是將生酒重新分裝，但這陣子我一直很想喝這種特別的酒，所以當場開了一瓶喝光。我們小聊片刻後，夫妻倆打道回府。我又打開了第二瓶，這瓶也很快就喝完了，實在是太好喝了……」

竟然當著送酒的客人面前，直接打開啤酒喝了起來，真是太令人尊敬了。讀到這裡，我的腦海中彷彿浮現出他豪邁暢飲的模樣。

接著，二月十八日：

「昨晚的酒（筆者註：包括二瓶麥酒和不到一公升的生啤酒）一下子就喝完了。久違地感受到些許醉意……」

雖說是「久違」，其實二天前才剛喝過酒。

當然，這本日記並不僅僅記錄飲酒的內容，但酒確實是貫穿整本日記的主題，讀者可以從中感受到作者對酒純粹的喜愛之情。當作者表示「喝了酒」時，會讓人感到心滿意足，若寫了「很好喝」，就會讓人覺得心情愉悅。

從《百鬼園戰後日記》，我們可以發現，**只要懷抱著熱情，即便是日記，也能成為文學作品。**

生活紀錄

一位不認識的女性寄來了一封信和一本小冊子。

打開信後，內容提到她讀過我的書，並以此為參考撰寫文章。她是一位七十六歲的女性，與丈夫一起務農。雖然因為農務繁忙，無法隨心所欲地創作，但她仍希望將自己寫的部分文章寄給我過目。這封信來自東京都一座名為大島町的小島，地址讓人感覺十分新奇。

小冊子裡收錄了大約二十篇長短不一的文章，寫得相當穩健，內容包括日常生活的紀錄，也有關於過往回憶的隨筆，看起來像是隨意寫下的文字。

我回信表示這些文章很有趣，也讓我很感動。不久後，又收到了一封信和另一本小冊子。從中得知她的小冊子已經出版到第二十期。

原來是她有位非常熱心的朋友，將她用鉛筆寫的文章輸入文字處理器中，印出來裝訂成冊，大小與新書差不多。這位老婦人將這些小冊子分送給她的朋友。於是，我寫信回說：「擁有這樣的好朋友，真不錯。」

每年我大概會收到兩次這樣的小冊子。

她從未在信中自我介紹，但從她的文章中，我推測她曾就讀山形縣的女子師範學校。至於她是否當過小學老師，就不得而知了，但由此我知道為何她可以寫出如此穩重的文字。

而她為何搬至大島町這個地方務農，具體情況我也不清楚。

總之，她似乎是個想法激烈的人，經常對社會感到不滿，並寫下許多相關的文章。值得稱讚的是，她幾乎不提家人或周遭的人；若非如此，我恐怕無法繼續與她保持書信往來。從某種意義上來說，她的寫作風格具有某種冷漠的特質，顯得知性而理性。

後來我才知道，她是從事花卉栽培。信中提到，工作讓人疲憊，而寫文章能帶她彷彿進入另一個世界。寫作似乎是她生活中的宣洩管道，我從文章中可以感受到她寫作時的快樂。

從她文章中深受感動的協助者，積極地製作小冊子。

有一次，她將之前裝訂成冊、大概三十本的文集一併打包寄給我。其中有些是我沒看過的，但大多數是我之前每年收到並閱讀過的內容。

因為不清楚她這個行為的用意，時間久了我就忘記這些文集的存在了。

然而，突然有一天，她請我將之前寄來的所有文集全部寄回。當時我覺得她的要求相當任性，但還是照做了。後來我才意識到，也許她是希望將這些文集彙編成一本書並出版。

由於她本人沒有明說，我只能猜測。她可能以為，只要寄來這些文集，我就會幫她處理，但可惜我當時並未察覺她的意圖，直接將那些文集拋諸腦後、什麼都沒做。最終，這位個性激進的人可能因此感到不滿，決定要求我將文集退回。而且我是到很久以後，才想到她為何會這麼做。

在那之後，她告訴我自己因身體不適而頻繁進出醫院，並寄來了島上的特產。我急忙寄慰問品給她，但這位勤勞的筆友反而再也沒有寄來任何信件，我也無法得知她後來的情況。當我想到她或許已經去世時，一股深深的哀傷與惋惜之情湧上心頭。

我當然知道這位老婦人的名字，但因為並未事先取得同意，就不在此公開她的名字。我偶爾也會想，或許她希望自己的名字能夠為人所知，並期待自己所寫的小冊子能吸引到一些讀者，但我依然決定不透露她的名字。

這位老婦人大概是在不知道「自傳」的情況下，提筆寫下了自己的故事。不過，她有刻意維持適當的篇幅，每篇都是可以一口氣看完的長度，再請朋友幫忙製作成書籍。

大部分的人收到一本多達二百頁的長篇書籍，可能都不會打開閱讀。美國作家愛德加・愛倫・坡（Edgar Allan Poe）曾在距今近一百年前，提出一個著名的預言：**「隨著社會變得愈來愈忙碌，能夠花上幾天時間讀完一本小說的人將愈來愈少，因此短篇小說（即一口氣能讀完的故事）將愈加受到青睞。」**

這點也適用於自傳。長篇小說也許能讓作者本人感到滿意，但對社會和人們而言卻未必有價值。如果只是將寫好的文章藏在桌子抽屜裡，就算有上千頁也無妨，但若是希望更多人閱讀自己的作品，就必須從讀者的角度來考慮。

現在回過頭來看，這位來自大島町的老婦人似乎在這方面頗有先見之明。

日記

自傳可以視為由日記拼湊而成的作品，而寫日記的人數多得不計其數。

有些人覺得寫日記很麻煩，即使買了日記本，往往只能堅持到一月二十日，後面的頁面便會空著沒寫。

其實，寫日記是一件非常愉快且富有意義的事情。只要能夠理解這點，就再也無法想像沒有日記的人生了。哪怕一天沒寫，都會感到坐立不安；即便因病臥床而好幾天沒寫，也會在病情好轉後努力回憶、補上那些空缺的頁面，就算內容可能不夠準確，但也顧不了那麼多。

總之，每天寫日記能成為一種生活規律。一旦養成這種規律，寫日記就不再是件辛苦的事情，反而會樂在其中。那些持續寫日記寫了十幾二十年的人，往往已經沉迷於這種樂趣而無法自拔。

說點荒唐的，大家有想過世上會有「小偷的日記」嗎？首先，我們不能因為覺得小偷這類人不會記錄人生，就斷定他們不可能寫日記。如果真的有小偷寫的日記，恐怕就算不是警察，也會想偷看一眼吧。不過，一旦日記被人翻閱，小偷就會陷入麻煩，因此當事人一定不願意讓任何人看到內容。唯一可以肯定的是，小偷的日記會比那些德高望重的僧侶所寫的日記更加有趣。

作為一種「生活紀錄」，日記的意義並不大。記錄已經發生的事情，並不會對明天的生活方式產生直接影響。也就是說，日記基本上是為了滿足自我需求而存在的。

日記就像是每天生活的結算報告，但其本身沒什麼建設性。要想過上更好的生活，就必須制定可稱作「行程表」的計畫，考慮明天該做些什麼。只要這樣思考，生活方式就會改變。

美國有一位經營顧問曾給一位小企業的老闆提出建議：每天在睡前列出第二天應該做的事，並根據重要性排列優先順序，在當天按照優先順序從最重要的事情開始逐一完成。如果能夠確實執行這樣的日常行動計畫，總有一天會成為大公司的領導者。

幾年後，事情的發展真如經營顧問所說。制定行程表就像是編制預算案一樣，從這個例子可以看出，對人生而言，預算比決算更為重要。

話雖如此，日記依然很有趣，因為**透過日記可以窺見書寫者的個性**。文學家全集中所收錄的日記即使不完整，有時仍比作品本身更引人入勝。這也讓人聯想到過去的日記文學。讀者往往對這些被公開的日記有些存疑，卻又篤定作者一定記載了些不適合讓他人看到的內容。而正因為想窺探這些隱祕，才讓人們樂於閱讀他人的日記。

高見順在罹患致命疾病、臥病在床的期間，依然勤奮地撰寫日記，並每月刊載於雜誌上。由於其病情特殊，即便是對高見順的文學不甚熟悉的讀者，也因此對他的日記產生了興趣，使其日記受到不少人的歡迎。甚至有人認為，這些日記可能比他的創作更加出色。

不過，「寫給別人看的日記」有點頗令人費解。如果能直接將其視為創作倒也無妨，卻又帶有一定的紀實性質。這種虛實兼具的特性，說有趣也的確有趣，說不有趣也有其道理。

既然是公開日記，倒不如乾脆將其視為創作更為合適。如果有類似過去主導日本文學的「私小說」形式的日記小說體裁，應該會十分有趣，就像古時曾出現過的「日記文學」那樣。

稍微久遠的三百年前左右，英國有位名叫山繆．皮普斯（Samuel Pepys）、後來被譽為「英國海軍之父」的海軍部首席祕書寫了日記，為了避免他人偷看，他還特地使用暗號書寫。身為海軍官員，他對暗號的運用得心應手，藉此確保任何人——即便是家人——也無法閱讀。然而由於無人能解讀，這些日記只是長期存放於英國劍橋大學的圖書館中。

直到十九世紀初，距離這本日記寫成的時間約一百五十年後，一位牧師成功解讀了這些日記，不久後便出版成書。日記中不僅詳細記錄了當時倫敦的景象、社會風貌及生活細節，甚至毫不隱瞞地記載了其自身生活，舉凡在倫敦橋上與女子擁抱的風花雪月等等。日記出版後迅速名聲大噪，被譽為世界日記文學的經典之作，至今仍享有盛名。

然而，我不禁感到疑惑，不想讓人看到日記內容的皮普斯，若知道自己的日記遭到公開，他會高興嗎？與本人的期待不同，他的日記成為文學史上的獨特存在，我想他大概只能無奈地接受了吧。

像皮普斯這樣的日記，本身就是極為精彩的自傳，並且還可能因此獲得文學上的好評。

能否如此大膽、誠實地書寫自己，對大部分的人來說是一大挑戰。若是直白地記錄，往往會不希望被他人看到；但如果無法讓他人閱讀，就無法激發出動力，提筆書寫麻煩的日記。

因此，**日記中難免會稍微潤飾，意即加入虛構的成分。**在寫日記的時候，就算是在完全不用擔心任何人會看到的情況下，也難免會稍微修飾事實。況且完全按照事實書寫的話，從第三者的角度來看，通常也不會覺得有趣。

自傳究竟是為了誰而寫？作者在寫作過程中，應該時不時地思考這個問題。

創作性

人類的歷史究竟可以追溯到多久以前，沒有人知道；不過相對來說，描寫人類歷史的作品並沒有那麼久遠。以日本為例，大約是從《古事記》和《日本書紀》開始記載歷史，歐洲則是難以追溯到古希臘以前的歷史。

歷史本身非常古老，而事實不會自動轉化成歷史，必須有書寫的人，歷史才得以誕生。因此，在歷史學家出現之前，這些事實都處於沉睡狀態。

英國的文學大概可以追溯到七世紀左右，但直到十八世紀才出現作為歷史記載的英國文學史，因文學史學家的出現又晚於一般歷史學家。

歷史性的事件與歷史之間，必然會有時間上的差距。因此，根本不可能完整再現過去的歷史（雖然十九世紀的歷史學家似乎曾懷抱著這樣的夢想）。畢竟，在形成歷史時，必定會摻雜著歷史學家的解釋。

前文提到的英國歷史學家愛德華·霍列特·卡爾也曾表示：「歷史並非從一開始就存在，而是由歷史學家所創造出來的。」這句話的意思就如同上述所說。即便是研究同一主題，三位歷史學家可能創造出三種不同的歷史。換言之，**有多少歷史學家，就會有多少不同版本的歷史。**

歷史並不是單純地記述過去，畢竟人類不可能做到完全如實記述；歷史只會是經由歷史學家的認識，所展現出的過去。此外，為了保持整體的連貫性，歷史學家必須透過自己的解釋來整理研究對象。

從這些觀點可得知，歷史學家的工作與其說像科學家，不如說更接近藝術家。

在歐洲就有個有趣的觀點，認為古代歷史與文學極為接近，可說是一種創作。

自傳固然特殊，但也是歷史的一種。從這個角度來看，以上關於歷史的論述，同樣適用於自傳。

也就是說，**即便覺得最瞭解自己的人是自己，也未必能寫出優秀的自傳或自傳形式的歷史。**將自身作為歷史研究的對象，並從中建構一個完整的個人形象，這無異於創作一幅自畫像。沒人能做到完全忠於事實地記錄，因此自傳也不可能只是如實地記述自己的生活經歷。況且，事實固然重要，但僅僅羅列事實並不能構成歷史，最多只能算是資料。這其中還涉及選擇問題，例如：哪些事實應該採用、哪些事實需要省略。此外，如何以一種適合的風格展現整體，也是創作過程中的重要課題。

由此可見，要以近期的過去或當下的自己作為記述對象，是極其困難的。要在混沌的現實中將這些整理成完整敘述並非易事，這對作家而言同樣如此。相比描繪創作時期的自己，回憶記憶中遙遠的幼年時光，往往更容易轉化為文字，而且更可能創作出優秀作品。

自傳可以視為是一種以自己幼年或青年時期為題材的創作。創作者或許會擔心偏離事實，但記錄事實的部分只要交給日記即可。不過，即使是日記，也不可避免地帶有作者的選擇與解釋，並非完全等同於事實本身。

當然，也不是說不可以將自傳當作一份以事實為核心的履歷。但若要讓自己以及他人都感到有趣，就必須**將自己塑造成主角，描繪成一部生動的個人故事或短篇小說。**

總而言之，除了像科學記述這樣的少數例外，幾乎所有表達方式都具有語言創作的特性，差別只在於是否有自覺。前文提及的英國《皮普斯日記（Samuel Pepys' Diary）》雖然是自傳，而且作者並沒有刻意修飾，卻比小說更有創造性與吸引力，可見絕非偶然。

然而，若僅僅是毫無邏輯地羅列發生過的事情，不僅無法成為一部自傳，甚至稱不上是一篇像樣的文章。

相簿

國中畢業已逾四十五年，某天同屆的同學中有人提議：「要不要來做本紀念冊呢？」大家都已年過花甲，不過仍有許多人出席同學會。到了這個年紀，過去的往事也變得更令人懷念。

起初，有人提案出版一本文集，內容是回顧大家前半生的回憶，一度受到熱烈的響應。然而，隨後有人小心翼翼地表示，自己實在不擅長寫文章。如果是像學校老師這樣的職業，寫文章可能不算什麼，但對於連信都很少寫、平時有事就直接用電話解決的人來說，要像小學生寫作文一樣書寫文章，實在是太過勉強了。

這項異議獲得了多方支持，最終只好取消文集的提案。不過，大家還是希望能製作一本紀念冊，因此最後決定，每人提交兩張自認為最有紀念價值的照片，並附上簡短的評論或說明，作為替代方案。

一般情況下，要在截止日期前順利收到所有稿件並不容易。然而，由於負責製作相冊的人非常熱心，大家也對這件事十分用心，幾乎所有的原稿都按計畫收齊。

提議製作紀念冊後過了半年，我們這批八十多位同屆同學的紀念相冊終於完成，成品相當精美。

大家挑選的照片各有其珍貴之處，但更引人注目的是附在照片旁的文字。起初堅持自己不會寫文章、甚至帶頭反對出版文集的商店老闆等人，最後卻是表達最熱烈的那幾位。原本說好只寫短短幾句，結果卻寫成了長篇，成為相冊事件的一大趣事。

我的意思不是要說：「他們明明會寫，卻聲稱自己不會寫！」其實若沒有照片，他們或許真的連三句話都寫不出來；**正因為有照片作為靈感，才能自然而然地提筆書寫**。這些內容與其說是文章，更像是閒話家常。不需要刻意準備，話題就可以無限延伸，樂趣也隨之而來。

想著手撰寫自傳，或是已經開始動筆，卻因進展不順而感到煩惱時，不妨參考這本相冊文集的形成方式。比起盯著天空苦思冥想，不如挑選幾張代表人生各個階段的照片，進行適當的編排，製作成一系列有如畫卷般的故事集。

接著，將想到的內容補充上去。即使無法一次完成，也可以事後回頭補充或修改，這樣撰寫時的心情會輕鬆許多。

如今的時代，連寫真週刊都很普遍，附照片的自傳也會比純文字顯得更親切，這點相信大家都深有同感。即使文章的表達稍嫌不足，也能靠照片傳遞更多訊息。

現在的家庭，自孩子年幼時起，只要孩子稍有動靜，便會立刻拍下那一刻。因此，孩子長大之前，個人照片就已多到堆積如山。只要好好整理這些雜亂的照片，再記錄與之相關的想法或回憶，就能製作出「圖像式自傳」。這是過去的人無法想像的，如今卻能輕鬆實現。我認為，這對覺得自己不擅長寫文章的人來說，是一種非常理想的方式。

而且，完全不必急於一次收錄十幾年的內容。每十年製作一本也好，每五年做一本也罷，都是不錯的選擇。對讀者來說，閱讀短篇遠比冗長的篇幅來得輕鬆。

自傳這一體裁的歷史並不悠久，至今未曾聽聞有人以上中下三冊的形式出版。長篇作品的減少，正好符合新時代的潮流。

短篇自傳才是理想的方式，而相冊式自傳在這點上展現出極大的優勢。

回顧童年

英國的隨筆文學中，一般認為最傑出的作品之一是查爾斯・蘭姆（Charles Lamb）的代表作《伊利亞隨筆（Essays of Elia）》。其中，有一篇尤其富有韻味的文章名為〈夢中的孩子（Dream-Children; A Reverie）〉。在日本，這篇文章自古以來便廣為人知。

這篇文章提到：「孩子總是想聽大人小時候的故事。」大人會向孩子講述各種故事，但其實**孩子覺得最有趣的，往往是大人童年時的經歷**，只是許多人並未意識到這點。查爾斯・蘭姆發現了這點，並用心將其記錄下來。

孩子將大人的故事視為童話，透過這些故事，他們得以運用想像力，窺視嶄新的世界。講述童年故事，無異於重現那個人一生中充滿夢想的日子；聽故事的人也會受到吸引，進而展開屬於自己的夢想。

然而，一般父母經常為孩子講述童話故事，卻很少談起自己小時候的事情。或許是因為他們未曾注意到，那些童年故事有多麼有趣。

有一次，我與一位國文學者見面，聊起過往回憶，說到過去在學校閱讀過的書。這位學者感慨地表示：「在教室讀過的作品中，我印象最深刻的是查爾斯・狄更斯（Charles Dickens）的《塊肉餘生錄（David Copperfield）》，那本書真的非常有趣。」

無論是哪部名作，只要當作教科書閱讀，往往都會變得枯燥乏味。

即便是會讓人躺在床上看到忘我的精彩故事，一旦坐在書桌前以學習的方式來閱讀，就會覺得故事離自己很遙遠、難以產生共鳴。

然而，查爾斯．狄更斯的《塊肉餘生錄》卻不同。儘管當初是在教室裡閱讀英文原文，數十年後，其內容仍然鮮明地留存在記憶中，實在令人驚嘆。

這部作品是查爾斯．狄更斯的自傳小說。內容雖採用小說體裁，不過稱之為自傳也無不妥。作者出身貧寒，細緻地描繪了自己幼年的經歷。然而，作品的出色之處並非在於細膩的紀錄，而是呈現出一種淡然灑脫的敘述風格，整部作品中還隱隱流露著幽默與憐憫的情感。

在書寫自身經歷時融入幽默感，並不是一般人能夠做到的事。但作為小說，這部作品成功地展現出這種趣味性，使讀者忘記自己其實是在閱讀一本自傳。

查爾斯・狄更斯在這部小說中寫下自己的歷史。更令人讚嘆的是，這部自傳還成為一部優秀的文學作品，這正是查爾斯・狄更斯的非凡之處。

查爾斯・狄更斯如今被視為十九世紀最偉大的作家之，但他在生前其實被歸類於迎合一般讀者的通俗作家，並未得到高度的文學評價。直到進入二十世紀後，他的作品才重新受到關注。值得注意的是，這並非針對他在世時曾受到高度讚譽的作品，而是基於其代表作《塊肉餘生錄》的全新詮釋所帶來的結果。

換句話說，這部自傳小說已然成為經典之作。歷經百年，其他虛構作品或許早已失去部分吸引力，但這部以童年經歷為題材、原文長達八百多頁的自傳式小說，卻仍能重新展現出其引人入勝的魅力，這樣的轉折實在相當耐人尋味。

無論是大人講述自己孩提時的故事，還是這部自傳小說，都再再顯示出，**最出色的創作素材往往是與自己的童年或青春時期有關的經歷。**相較於過去的回憶，當下的生活似乎難以產生如此經得起時間考驗的文字。

訓誡

朋友送我一本名為《爺爺系列（おじいちゃんのシリーズ）》的書。從這本書標示為第七集來看，想必之前已經出了六本。

我打開來一看，發現這是彙集朋友父親（爺爺）所寫文章的文集。裡面有回顧他一生的隨筆，也有很多是從他聽過的話或讀過的書中獲得啟發的作品。以自傳的角度來看，這些文章的風格略有差異，寫作時並未強烈表達出作者的個人情感，但正是這種低調的寫法，使文章更易於閱讀且富有意義。其中關於育兒與年長者健康的文章格外地多，讀起來也相當有趣。

有一篇在介紹老年病學權威大島研三所創造的咒語「ヨイコノタメノカギ（編註：直譯為給好孩子的鑰匙）」。這串咒語其實隱含了年長者該記住的九條生活準則，並以日文首字母連接起來。記載如下：

ヨ　酒醉不要洗澡（據說在箱根一帶，每個月大約有一百人因醉後入浴而死，其中大多數是年長者——我第一次知道這件事。）

イ　與醫生保持良好關係

コ　避免跌倒（上了年紀後，稍有不慎就可能跌倒，骨折後可能會長期臥床……）

ノ　不要喝太多（當然是指酒）

タ　不要過度飲食（胃部消化不良會流失體力，進而引發病痛。）

メ　注意體重（肥胖是最大的敵人。）

ノ　不要吃難以吞嚥的食物（吃東西時小心食物卡在喉嚨，尤其要注意蘋果、餅乾和江戶前壽司等。）

カ　不要感冒（感冒是各種疾病的根源。老人的死因中，肺炎的占比高，實際上有很多病例是感冒引起的。）

ギ　不要顧慮人情（自古以來就有很多人因過於顧慮人情，而勉強參加婚喪喜慶等活動，最終卻喪命的情況。）

看到這九條準則，不禁讓我想起前首相岸信介的名言：

「不要跌倒、不要感冒、不要顧慮人情。」

也許兩者是出自相同典故。

岸信介前首相作為政治家在歷史上留名，但對我們老百姓來說，比起他的政治成就，這句針對老年人健康的訓誡似乎更加實用。

《爺爺系列》的作者是藤掛誠一。如前所述，這些自傳性質的文章並非單純講述他自己，而是藉由闡述生存智慧，尤其是有關維持年長者健康的心得，間接表現出作者自己。這種寫作方式相當吸引我，整體而言，有一種「爺爺的智慧」的感覺。

舉例來說，其中一篇文章在講膝蓋的問題：

「膝蓋長期承受全身的重量，在跳躍或進行劇烈運動時，還會直接受到強烈衝擊，因此容易受傷。年輕人膝蓋受傷大多是因運動所引起，但高齡者的膝蓋出問題大多是一種老化現象。隨著年齡增長，膝蓋的軟骨會失去彈性並逐漸磨損，導致軟骨下的骨頭暴露並互相接觸。高齡者在保養膝蓋時，應該遵循以下幾點規則：

一　不要長距離行走

二　避免上下樓梯

三　不要跪坐

四　肥胖者應減重」

其有趣之處就在於提供了對讀者有價值的資訊，而不是一味地談論作者自己。如果只是分享自己的經歷，可能無法如此吸引人吧。

親筆年譜

有些人談起自己的事情，尤其是提到自身成就時，往往會不由自主地滔滔不絕。他們自己說得津津有味，但聽的人通常早已感到厭倦。**自誇的話題尤其容易讓人反感。**即便說話的人心裡隱約知道這點，一旦開啟自認為有趣的話題，依然難以適時地結束。

這點在寫文章時也一樣，當涉及自己的事情時，文章往往會變得冗長拖沓，難以簡潔收尾。讀者不會覺得這樣的內容有趣，因此這類**冗長乏味的個人故事常常令人敬而遠之。**

日本人自古便認為小巧的事物更具美感。如果擺在眼前的是三百頁的厚書和一百頁、八十頁的薄書，大部分的人都會毫不猶豫地選擇薄的那一本。日本可說從過去就缺乏長篇故事和詩歌（《源氏物語》看似長篇，實際上是由多部中篇故事組成的合集）。身為日本人，即使看到歐洲千行、萬行的長詩，也不會感到特別震撼，因為他們更欣賞三十一字的和歌短歌，以及十七音的俳句所展現出的精緻光芒。

更不用說，談論自己的文章若是冗長拖沓，能讓人感到有趣的內容當然少之又少了。若這樣的文章仍能吸引讀者，那作者的文筆想必相當出色。自傳最重要的特徵便是短篇幅，篇幅愈短、蘊含的意義就愈深。報紙上的訃聞或雜誌中的追悼錄，正因為篇幅極為精簡，才會讓人印象深刻。

雖說如此，僅僅三五頁的追悼錄難免顯得過於簡略，讓人感到有點冷清。讀者通常會希望瞭解更多細節，於是便衍生出能滿足這種心理需求的體裁。

例如，文學全集的最後經常附有年譜，這類附錄能激發出與作品本身不同的趣味，甚至有一群隱藏的年譜愛好者。編寫年譜需要耗費極大的精力，但其價值絕對值得這份努力。一般來說，全集中的年譜由編纂者撰寫，但偶爾也能看到由作者親筆書寫的年譜，這樣的年譜堪稱傳記的精華。

在這類年譜中，幾乎省略了所有多餘的內容，僅記錄事實與事件，沒有冗長的自我反省、主觀的臆測或繁瑣的想法，因此展現出結構緊湊、簡潔有力的風格，能鮮明地刻畫出作者的人格與風貌。

正因如此，**親筆年譜在自傳之中，被認為是純度最高的體裁。如果單純是為了享受寫作的樂趣，這樣的短篇紀錄或許難以令人滿足；但若目的是希望他人瞭解自己，有時幾頁年譜比一本厚重的書籍更能達到效果。**想要撰寫自傳，至少應該理解這一點。

我最近讀到的一篇親筆年譜是吉川英治的作品，刊載於松本昭所著的《人間吉川英治》的書末。這篇年譜不到二十頁，能夠一口氣讀完。而這種一氣呵成的緊湊感，正是其魅力所在。

明治三十年（一八九七年），吉川英治五歲，年譜中記載如下：

「我開始閱讀巖谷小波的《世界童話（世界お伽ばなし）》等書。母親

在燈下一邊做針線活，一邊為我講述書中故事，這對我產生了深遠影響。這年夏天，我第一次知道自己有一位同母異父的哥哥……」

明治三十六年（一九〇三年），十一歲：

「……父親敗訴，放棄事業，家道迅速沒落。父親的酗酒問題日益嚴重，數次吐血。母親既要撫養六個年幼的孩子，又要忍受酒後失控的丈夫，從此開始了她艱辛的生活。為了變賣家產，每到深夜就讓古物商的車停在後門，將整個房間的物品按一室的價格出售。這件事甚至成為當時橫濱古物商之間的話題。同年十月，一日小學的午休時間，我突然被叫回家，父親命令我退學，我當場失聲痛哭……」

吉川英治少年的人生自此開始。讀者對於接下來的內容，多少會感到些許不安。要能如此坦率直白地書寫人生，需要一生的文學素養和豐富的人生經驗方能辦到。

最後，在年譜的「附記」中寫道：

「這是根據記憶整理出的簡單經歷，但由於我完全沒有撰寫日記或備忘錄的習慣，因此無法保證其中不會有錯誤。尤其是關於數字的記憶，連我自己也感到不太可靠。不過，我嘗試記錄那些以往不願提起的愚行和恥辱，儘管還有許多遺漏，但絕非刻意為之。至於其他不完善之處，只能懇請諒解（親筆）。」

這些敘述看似隨意，但能感受到寫下親筆年譜的背後，吉川英治必定有著非凡的覺悟，讓人不禁感到肅然起敬。寫自傳時若沒有這樣的覺悟，不僅無法對世人和他人有所貢獻，對自己也沒有任何益處。這與單純的寫文章是不同層次的問題。

追悼錄

每天的報紙社會版左下角，都會刊登死亡報導。據說若開始對這些死亡報導產生興趣，每次翻開報紙時第一眼就是看向那欄，就代表上年紀了。

的確，年輕時，無論誰幾歲去世、罹患什麼病離世，都覺得跟自己無關。然而，隨著年齡增長，都會開始關心起死者的年齡以及死因。若是在九十三歲或八十八歲的高齡去世，內心會感慨是「壽終正寢」；但如果是五十六歲就去世，則會忍不住想知道為何這麼年輕就去世、患的是什麼病，然後回頭詳細查看其職業或頭銜。

當看到上面寫著「曾任〇〇公司常務」，就會猜想是不是因病離職、為何不是在職等，是公司無情，還是病人不得已提前退休？偶爾看到以現任職員身分去世的人，心裡則會不自覺地鬆一口氣。看到與自己年齡相仿的人去世（相差三歲左右），也會感同身受。若死因與自己曾經罹患的病有關，便會感覺無法置身事外。

死亡報導的篇幅不大，卻展現出了人生的縮影。這種說法有點不恰當，但我認為這正是其有趣之處。報社似乎也注意到讀者的這種心態，於是開始在社會版的報導外，定期刊載追悼錄。對此感興趣的讀者自然不會錯過這些報導。

在國外，訃聞和追悼錄等詞彙已經相當普及；日本雖然也有類似詞彙，卻沒有固定用語，人們有時稱「惜別」、有時用「追悼」，有各種稱呼方式。

目前最受推崇的，似乎是《朝日新聞》的「惜別」專欄，和《文藝春秋》的「蓋棺錄」。尤其是後者，每個月都會刊登優秀的追悼文章。提及已故者本就帶有悲傷的情緒，因此撰寫此類文章時，只需適當克制情感，便能寫出動人心弦的文字。可以說，這是一種相對容易書寫的文章類型。

想要寫好自傳，就必須向追悼錄學習。當然，自傳是寫活著的自己，與懷念已故者的追悼錄並不相同；但在選擇寫作重點，以及判斷該不該寫的標準上，兩者並沒有太大差別。自傳容易受個人情緒影響，這點與追悼錄容易受難過情緒左右相似。

此外，追悼錄雖然是寫他人的事，但由於是親近的親人撰寫，往往難以透過文字呈現出已故者的個性特質，這點也是我們在書寫自傳時需要注意的。

我們的眼睛是用來看外面，而不是看自己。換言之，我們可以看清距離稍遠的事物，卻難以辨認或理解眼前的事物，正如燈塔下是最黑暗的現象一樣。

禪宗有句話「照顧腳下」，就是在提醒人們，在向他人講道理前，應該先關注自己腳下的事情。不僅寓意了「先照顧好自己」，也如字面意義所說「要看清楚自己腳下的情況」。由此可知，**相較於他人的事，自己的問題更難發現，因為自我觀察比關注他人還要困難。**

而自傳恰恰是「照顧腳下」的文章。對於不熟悉寫作的人來說，他們通常未必會意識到寫自傳的難度，因為他們很少會著手深入研究自己的過去。自傳的成功與否，正取決於是否對這點做好相應的心理準備。

III部

雜誌

稿紙

書寫工具

出版成書

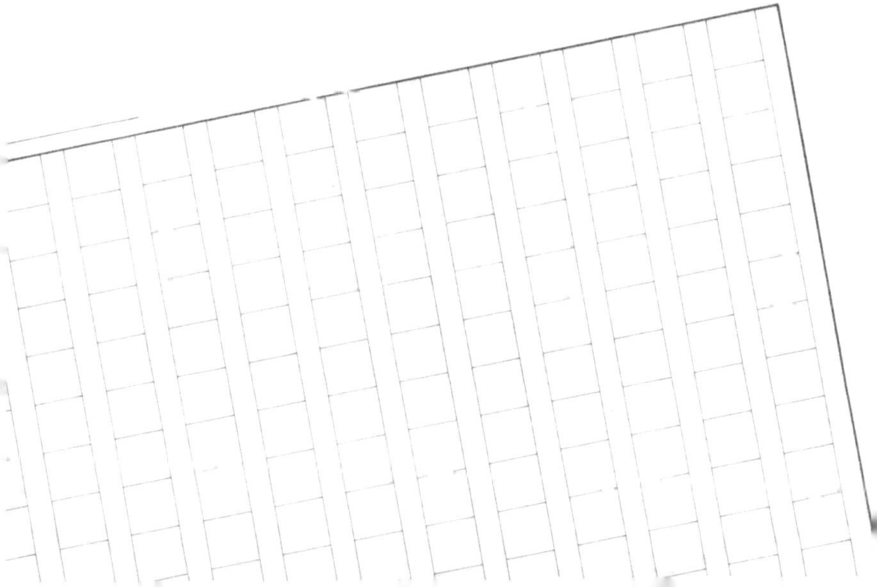

雜誌

一般人打算寫自傳時，通常會想：既然都已經下定決心，就應該立刻開始動筆。然而如此一來，從最終作品來看，即使不瞭解具體情況，也可以想像出中間經歷了怎樣的過程。

萌生出寫書的慾望時，當然會想立刻拿起筆，最理想的情況是能毫不拖延、一氣呵成地寫完；然而，現實往往事與願違，開頭怎麼寫都不順利、寫到一半寫不出來的困擾都會隨之而來，完成的過程通常都不輕鬆，有時甚至要花上好幾年才能有所突破。

話雖如此，**在寫作過程中經歷掙扎的人，往往能寫出更有趣的作**

品；過於自信、隨便書寫的人，基本上只會產生出粗糙的文章。

日本人似乎不擅長創作「全新的書籍」，很多書都是將之前在各處發表過的文章彙整後出版，而這在歐美國家不會被稱為「書」。

提到T・S・艾略特（T. S. Eliot）時，都會稱其為二十世紀最偉大的英國詩人和評論家；但奇怪的是，常有人說「他從未出版過一本書」。儘管有許多冠上他名字的書籍，卻都不被視為「書」，原因就在於他沒有創作過全新的書籍，所有作品都是編輯後的文集。

如果將這個標準放在日本，恐怕幾乎所有書籍都無法稱為「書」了。因為從頭到尾都是新寫的書實在太少；即便有，也無法順利完成。

對於這樣的日本人來說，就算是寫一本沒那麼困難、只是講述自己人生的書，恐怕仍然很有挑戰性。或許有些大膽的人會直接嘗試，但文章這種東西不是抱持著「無知者無憂」的悠閒心態就能寫成的。如果有志於此，就必須認真對待，不能認為「船到橋頭自然直」，即興創作並非理想的寫作方式。

寫作需要做好事前準備，而且必須學習。但是，該如何學習寫作呢？為了滿足大家對寫作的興趣與需求，許多文化中心開設了寫作課程。而正如之前提到的，自傳此一體裁就源自於這些寫作課程的啟發（不過學校的寫作課通常不會要求學生寫自傳）。

寫作課算是一種被動的學習方式，讓他人閱讀自己發表的作品，其中有不少不便之處。

若有一本雜誌，專門刊載這些寫作課的練習作品，供人閱讀並評論，自然會方便不少；然而現實中並沒有雜誌願意刊登新手原稿。

你或許會想：「既然如此，自己創辦這樣的雜誌吧。」雖然可行，但個人雜誌基本上是孤立而封閉的世界，只會淪為即興創作的園地。相較於此，有個看似麻煩、但最可行的辦法，就是**與志同道合的幾位朋友一起創辦同人雜誌**。

與現在社會情況不同，過去有志當作家、詩人的人，通常會創辦同人雜誌。大家一起自掏腰包出版，且因為是屬於自己的雜誌，可以寫任何內容。唯一的難處是，考慮到讀者無法接受沒有品質的文章，創作過程經常有諸多顧慮，需要經過長時間打磨後才會發表。

雜誌完成後，大家會個別將其寄給認識的人。心地善良、懷有善意的讀者會提供感想或評論，這對作者來說是最大的鼓勵。此外，還會舉行只限志同道合的人參加的聚會，讓大家互相評論作品，這對寫作技巧的提升也非常有幫助。

在這過程中，可能會發現一些自己未曾注意到的問題，並因此豁然開朗。當然，有時也會收到犀利的評論，但寫作的眼光和能力都能藉此在不知不覺中提升。

創辦同人雜誌不僅有助於訓練寫作能力，對於創作自傳也大有裨益。看似在繞遠路，實際上反而是一條捷徑。總而言之，做事要有耐心，不可急於求成，應以「慢中求快」的心態來面對。

創辦雜誌也是一種創作，並且非常有趣。只要創辦過一次嚐到其中的樂趣，就會產生再創辦其他雜誌的衝動。這種雜誌並非以銷售為目的，如果進展不順利，便可迅速停刊，之後再創辦新的。而這一過程本身，也能作為自傳的一部分。

雜誌一期的份量大約是三十張四百字稿紙，連載十期的話就有三百頁了，幾乎可以構成一本書。

當然，不能直接將刊登在雜誌上的文章出版成書。回顧之前的內容，常會發現許多不足之處，需要經過修訂、增補、刪除等，才能將打磨後的版本出版成書。

稿紙

某天，一位老友寄信來告訴我，他打算寫一本書。信中他還有點得意地表示，因為沒有稿紙根本等於紙上談兵，他還特地去附近的文具店，告訴老闆要買二千張稿紙，結果老闆驚訝地瞪大雙眼，說從來沒接過這樣的訂單，店裡最多只有二、三百張，必須向批發商訂貨，請他稍等幾天。

看到這裡，我不禁心想：「糟糕了！這樣連本來能寫的都寫不出來了。」但我當然不能這麼說，畢竟朋友已經買了那些稿紙，現在也無法改變什麼，我決定祝他一切順利。

從那之後過了差不多快一年，他的創作過程非常不理想。至今，他仍不斷重複書寫、修改十來頁的開頭，不僅進展緩慢，成果也非常差。

雖說不能將一切問題歸咎於他買了過多稿紙，但這些稿紙至少在某種程度上成為了一種制約。換言之，他受到稿紙的刺激，甚至因此備感壓力。

現在的孩子從小學開始就使用稿紙寫作文，因此對他們來說，稿紙並不特別；然而，對年齡稍長的人來說，稿紙並不是普通的紙張，大多數人在一生中可能從未在稿紙上寫過字。

過去，曾有大財閥大番頭（編註：即大掌櫃）在戰後遭到流放、失去官職，一位雜誌社的人見此，便委託他寫一篇隨筆。這位商人接受了委託，花費很長一段時間完成原稿，當他將稿子交給其身為文學家的兒子時，兒子感到驚訝不已。因為這疊四百字的稿紙完全沒留下空白處，密密麻麻地寫滿了。兒子告訴他，段落一開始要空一格，結尾處也要留白。然而父親解釋，雜誌社要他寫三張四百字稿紙的原稿，寫滿的話總共會有一千二百字；若在紙上留白，字數就會減少，也就無法獲得相應報酬了。這個解釋顯示出他非常重視經濟利益的考量，這在後來成為了非常著名的故事。

當時的情況就是這樣。雖然今非昔比，稿紙仍然不同於普通紙張。對於想寫作的人來說，稿紙總是帶著一種神祕感。面對稿紙時，不自覺地會感到有些拘謹，難以流暢地書寫。換句話說，用稿紙寫作並不容易，而且還會忍不住擔心寫錯會浪費，不由自主地想要寫得整齊、漂亮。要習慣使用稿紙，確實需要累積一定的經驗。

我自己開始在稿紙上寫作，是快三十歲、開始從事雜誌編輯工作之後的事。那時，我發現自己總是寫不好，稿紙一張換一張，逐漸感到沮喪、陷入無力感。

直到有一天，我試著用廣告紙的背面來寫，結果竟然意外地順利、寫得很流暢。這讓我非常高興，自此我的初稿都會寫在那些經過修改的原稿背面。這樣一來，工作總算有點進展。我開始珍惜這些寫過的稿紙，養成了保存稿紙並重複使用的習慣。這件事讓我覺得非常不好意思，因此從未向他人提起，但這樣的習慣我至少維持了十年左右。

可能是因為笨拙，我才會做出那種事，但我猜其他人也不一定能夠輕鬆地在稿紙上寫字。我有位朋友是隨筆作家，不管字數多少，總是寫在大學筆記本上。他之所以不用稿紙，跟我用廢紙背面的原因一樣，不過筆記本更加漂亮，只是這樣就算寫錯字，也應該不會隨便撕掉吧；與此相比，用廢紙背面就不會有這層顧慮，寫錯幾十頁也不會覺得可惜。

還有一點，稿紙有四百字和二百字兩種格式。四百字是標準格式，一般提及「需要幾張原稿」都是指此。以前幾乎都使用四百字稿紙，二百字的稿紙是例外；但不知從何時開始，二百字稿紙的使用頻率開始增加。現在反而覺得，二百字的稿紙還更常見。

一百頁或一百五十頁的書所需的長篇原稿，通常會使用四百字稿紙；若是只需要三、五頁的原稿，有些人會選擇用二百字的稿紙來區分。

使用四百字稿紙，當寫到一半需要修改時，就會浪費大量空白處，必須重寫；使用二百字稿紙就比較不會有這個問題，而且每頁的寫作時間只有四百字的一半，能讓人感受到寫作的快感。每個人的偏好不同，而我一般只使用二百字的稿紙。

因此，聽到開頭提到的那位朋友竟然買了二千張四百字稿紙，我光想就覺得糟糕。

書寫工具

有些人認為過於講究書寫工具太過小題大作，只要能寫即可，但我覺得並非如此。

我曾經讀過一位文人寫的文章，他說自己在寫原稿時，如果發現墨水顏色不正常，就會立刻覺得寫起來很不順，因此一旦墨水顏色出問題就會讓他非常困擾。

這聽起來有些過於敏感，但寫作確實是一項必須極度謹慎的工作，任何微小的不適都可能成為意想不到的障礙。

先前提到，每個人偏好的稿紙不同，有的用起來得心應手，有的卻覺得無論怎麼寫都不順手。甚至有作家認為市售稿紙不夠好，必須訂製特製稿紙，而變得非用這種紙不可。據說有人從未使用出版社寄來的稿紙，也有出版社根本不寄稿紙給作者。

製作專用稿紙對有些人來說或許是一種樂趣，但對於不習慣寫作的人來說，這不僅無助於提升效率，反而可能增加書寫的難度。因此，我認為使用市售稿紙會是更明智的選擇。

比起稿紙，更容易影響寫作狀態的是書寫工具。

過去，大多是用鋼筆書寫原稿。在日本國產鋼筆尚未問世之前，英國製的ONOTO鋼筆深受喜愛，夏目漱石便是ONOTO鋼筆的愛用者。此外，威迪文（WATERMAN）鋼筆也廣受歡迎。

戰後，美國的派克（PARKER）鋼筆傳入日本。文人圈中，則是對德國製的萬寶龍（Montblanc）鋼筆評價極高，尤其是粗字鋼筆受到不少人喜愛。同樣是德國製的百利金（Pelikan）鋼筆，普遍認為更適合拿來橫向書寫。至於瑞士的卡達（Caran d'Ache）鋼筆，則是帶有時尚感的名品。

在鋼筆的品牌日益豐富的過程中，有些人成為鋼筆收藏家。沉醉於收集各種鋼筆固然令人愉悅，但有時會讓人忽略了最重要的原稿創作。這種沉迷於器物而失去志向的情況，正是所謂的「玩物喪志」。順帶一提，日本國產鋼筆中也有不亞於海外品牌的精品。不過，即使是同一品牌，可能也會有品質上的差異，購買前務必仔細試寫、感受筆觸後再選擇。

原子筆是在戰後過了一段時間才開始普及的。起初常有墨水滲漏的問題，隨著技術迅速改進、原子筆變得更加精密，才逐漸取代鋼筆的地位。即使是文人圈，也有不少人改用原子筆。

然而，原子筆總有一種過於廉價的感覺，難以像鋼筆那樣令人產生感情。此外，使用原子筆需要較大筆壓，相較鋼筆更容易感到疲勞，甚至有人因長時間使用而患上局部手肌張力不全症（手部肌肉痙攣）。

繼原子筆之後，水性筆登場。由於水性筆書寫輕鬆，不用擔心局部手肌張力不全症的問題，因此年輕人似乎更喜歡使用水性筆。

此外，有些人不喜歡墨水，偏好使用鉛筆。鉛筆尤其適合在粗糙的紙張上快速書寫，新聞記者便通常都用鉛筆撰寫文章。另外不知為何，女性使用鉛筆的人尤其多，可能是因為鉛筆帶有一種時髦的感覺吧。

用原子筆書寫，寫錯字想擦掉重寫時必會留下痕跡；相較之下，鉛筆可以輕鬆修改，幾乎不會留下痕跡，書寫時也不需過於小心翼翼。由此可見，鉛筆確實是一種優秀的書寫工具。

問題在於，用鉛筆書寫要較為用力，容易讓人感到疲勞。此外，標準的HB鉛筆顏色偏淡，還會因光線反射導致難以辨認。因此，在要求使用鉛筆答題的大學入學考試中，也會特別規定考生使用B或2B鉛筆。

不過B和2B鉛筆的筆芯較軟，字跡容易因摩擦而模糊，這又造成另一種辨識困擾。我有段時間曾用2B鉛筆書寫原稿，結果印刷廠人員告訴我，這樣的原稿在運送過程中，字跡容易因摩擦而模糊不清、變得難以閱讀。我詢問解決方法後，他們建議使用一種畫家常用的固定木炭素描保護噴劑噴在原稿上，字跡便不會輕易消失。我照這個方法試了一次，但覺得過於麻煩，最終還是放棄用鉛筆書寫原稿了。

換言之，**使用哪種工具並不重要，只要適合自己、用得順手的就是好工具**。若是這工具能讓你情不自禁地埋頭疾書，就再理想不過了。不過，也不能過於執著這部分，否則反而會成為寫作的阻力。

近年來，愈來愈流行用電腦打字，許多寫作者也逐漸跟隨這股潮流。然而，這種方式畢竟與手寫不同，應該被視為一種全新的技術。

無論如何，**最重要的還是「動手寫」**。

出版成書

原稿完成後，要先「透透氣」，暫時擱置一段時間。即便是經驗豐富的作家，一般也不會寫完後立即送印。篇幅短小、準備刊登於雜誌的原稿，也應放置一段時間，再進行潤色修改。有時候甚至會發現，有些部分需要推翻重寫。

更何況是一本完整的書稿，反覆檢查與修訂的工作只會更加繁重。在國外，許多作者會在這個階段請信任的人幫忙閱讀原稿，不僅有助於修正錯誤觀念，還能獲得讀者角度的建議。這些回饋對作品的提升相當有益，只可惜在日本這種情況較為罕見。

不過這也可以理解，寫自傳的人，尤其是第一次寫書的人，可能沒有多餘心力去考慮讀者的想法。然而，出版代表將書籍公之於眾，並預期會有不認識的人翻開閱讀。因此，最好能夠讓讀者滿意。雖然不至於自私自利、目中無人的程度，但如果創作只能讓作者自得其樂，反而會讓讀者感到困擾。

假設書稿已經經過反覆推敲與修訂，終於進入出版階段。

如果只是考慮到親朋好友，可以手寫或打字後印刷並裝訂成冊，也別有一番味道和趣味。

當然，根據書籍的體裁和內容會有不同的處理方式，不能一概而論。

有位書法家兼歌人曾出版一本詩集。相較於使用活字排列生硬的字句，他選擇親自用毛筆書寫，再將這些手寫詩句轉印到凸版上進行印刷和裝訂。這本親筆書寫詩集引起大眾的關注，甚至有報紙前來採訪，意外地引發了極大的反響。然而，一般來說，還是會選擇直接印刷成冊，這時便需要委託印刷廠來處理。

近年來，隨著自費出版興起，許多出版社也開設了自費出版部門。可以多加留意這方面的廣告，應該都能找到。

自費出版的話，印刷廠通常會以較低的成本幫忙製作。不過**如果是第一次出書，不瞭解相關費用和流程，最好還是先向有經驗的前輩請教。**

費用相當重要且根據選擇會有不小的差異，最好多詢問幾家印刷廠，不要貿然下決定，以為花大錢就一定能做出更好的成品。

裝幀設計同樣不容忽視。設計過於講究，可能會與書籍內容不協調，最理想的是選擇簡潔明快、清爽大方的風格。

另外，印刷數量是一個容易遭到忽略、但實際上非常棘手的問題，很多人會印太多而造成浪費。

我曾收到一位陌生人寄來的詩集，當時感到非常為難。不回禮似乎不太禮貌，但又不知道該如何回應。由於沒有時間仔細閱讀，我只好寫了一封略顯敷衍的感謝信，這讓我覺得自己既尷尬又冷漠。

之所以發生這種情況，大多是因為出版詩集的人印了過多的數量，找不到合適的贈送對象，最後只能隨便寄給某些名單上的人，完全沒考慮對方收到後的感受。這樣的做法，無疑是在讓自己用心製作的書蒙受不必要的遺憾。

印刷廠的人有時會在旁慫恿，聲稱三百本和五百本的費用差不多。即使沒有受到印刷廠建議的影響，出版者也可能本來就想多印一點，便在一時衝動下印了遠超實際需求的數量。

這時**建議以每年寄送的賀年卡數量為基準。**如果每年寄出五百張賀年卡，較適宜的印刷量即為八成的四百本；若每年寄三百張，印二百五十本便夠了。除非是想讓公司每位員工都能獲得一本的社長，否則印五百本通常到最後都會有剩餘的數量。

書籍印刷成冊後，一般會贈送給親朋好友。只是隨書附上一張印有「謹呈　作者」的短箋，會顯得太冷淡單調，建議附上帶有誠摯問候的訊息。如此一來，收到書的人更有可能立即閱讀並回饋感想。這種反響，是出版者才能體會到的喜悅與成就感。

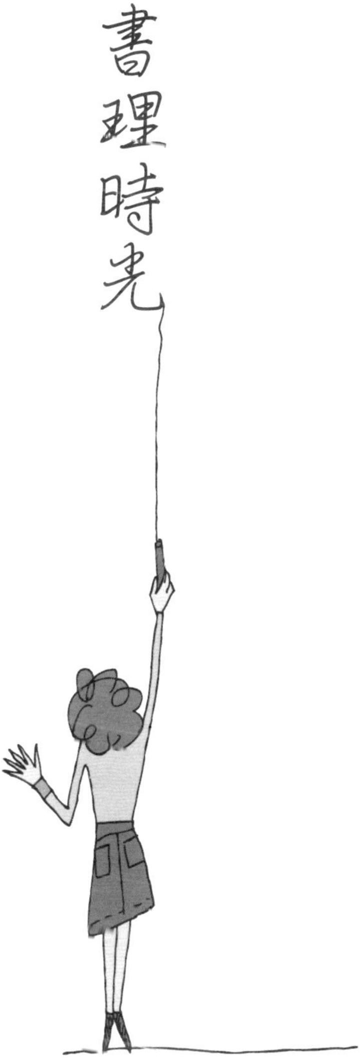
書理時光

後記

所謂自傳，即自己撰寫自己人生經歷的紀錄。

因此，寫自傳的人或多或少都會覺得，可以自由決定怎麼寫、篇幅多長，完全不必在意他人的評價，不像受人委託撰寫的文章要有字數限制，想寫多長就寫多長。

如果完成後只會深藏於箱底，自然另當別論；但若希望讓他人閱讀（我相信大多數人都有這樣的期待），就不應該忽視讀者的感受。自傳類文章中，最常見的不足就是缺乏對讀者的考量。

無論有多少想寫的內容，都不應將自傳寫成幾百頁的「巨作」，否則讀者會無所適從。在這個忙碌的社會中，即使是關係再親密的朋友，收到一部需要耗費數天才能讀完的自傳，恐怕也會感到困擾。寫作者必須考慮到這點，避免篇幅過長，盡可能將內容精簡成簡潔的短篇。篇幅愈短，讀者愈願意花時間閱讀。

對寫作者來說，寫下自豪的經歷自然是一件愉快的事，因此自傳中往往充滿了自誇的成分；然而，對讀者來說，除非這些成功故事非常戲劇化，否則通常會顯得乏味。如果內容簡短尚能接受，但若冗長繁瑣，實在令人難以忍受。當面聽別人講故事時，礙於情面可能無法直接堵耳不聽；但若是閱讀文字，讀者完全可以迅速闔上書本、乾脆不再閱讀。因此，撰寫自傳時，應**盡量減少炫耀的篇幅，並將其縮短到必要的程**

度，這是撰寫自傳的基本要領。

作者通常都希望避免談論自己的失敗、痛苦或不幸，不得不提及時也會盡可能輕描淡寫、一筆帶過；然而，讀者的想法恰恰相反，他們反而認為這些部分最有吸引力。可以說，如果自傳對作者來說並非一種內心的挑戰，就很難讓讀者產生興趣。

換句話說，**要讓自傳成為一部成功的作品、讓讀者願意閱讀，作者必須具備足夠的勇氣，坦然揭露那些自己不願面對的過去；同時，必須抑制自己對某些內容過度鋪陳或炫耀的衝動。**如果無法做到這點，最好放棄想要撰寫自傳的念頭。

本書的出發點是探討如何撰寫讓讀者喜愛的自傳，並提供相關的心得與建議。如果抱著「誰管讀者怎麼想，我只要忠於自己就好」這種純粹個人主義的態度，那麼最終勢必要接受「表達的內容可能完全缺乏吸引力」這一事實。

自傳確實是為了自己而寫，這點無可厚非。然而，寫作的本質是一種假設讀者為對象的行為。在撰寫自傳時，經常會忽略這點，因此更應該銘記於心。

如果希望讀者感興趣，自傳就必須盡量寫得有趣，這比起「避免冗長」或「不要得意洋洋地記述功績」更困難。即使是受過長期寫作訓練的人，也未必能寫得生動有趣。對缺乏經驗的人來說，要創作出帶有幽默感的文字更是難上加難。努力讓自傳文章看起來有趣，絕不是墮落，這樣的作品若能愈來愈多，我們這個時代必定會因此受到後世的讚譽。

●作者簡介

外山滋比古

1923年出生於日本愛知縣，畢業於東京文理科大學。為英國文學學者、文學博士、評論家與散文家等。曾任《英語青年》編輯長，後依序擔任過東京教育大學助教、御茶水女子大學教授、昭和女子大學教授等。其專業除了英國文學，還撰寫了許多關於日語、思考及創造等方面的評論。於2020年7月去世。

著有暢銷書《思考整理學》（究竟出版）、《知的創造のヒント》（筑摩書房出版）、《亂讀術》（馬可孛羅出版）、《精簡的智慧》（楓書坊出版）、等多部作品，至今仍有許多人會閱讀其著作。

書理時光

為自己作傳，從追憶探索新的感動

出　　版／楓書坊文化出版社
地　　址／新北市板橋區信義路163巷3號10樓
郵政劃撥／19907596 楓書坊文化出版社
網　　址／www.maplebook.com.tw
電　　話／02-2957-6096
傳　　真／02-2957-6435
作　　者／外山滋比古
翻　　譯／劉姍珊
責任編輯／邱凱蓉
內文排版／邱凱蓉
港澳經銷／泛華發行代理有限公司
定　　價／360元
初版日期／2025年4月

國家圖書館出版品預行編目資料

書理時光：為自己作傳,從追憶探索新的感動 / 外山滋比古作；劉姍珊譯. -- 初版. -- 新北市：楓書坊文化出版社, 2025.04
面；　公分
ISBN 978-626-7548-75-2（平裝）
1. 傳記寫作法
811.39　　114002209